KB136535

걷기예찬

걷기예찬

다비드 르 브르통 산문집 · 김화영 옮김

David Le Breton | *Eloge de la marche*

H 현대문학

| 차례 |

길 떠나는 문턱에서

Josef Sudek, *Gardens*, 1960

언덕을 따라 올라가는 길을 역동적으로 추체험해보면 길 자체에도 근육이 있고 반(反)근육이 있었다는 것을 확신할 수 있다. 파리에 있는 내 방 안에서 이렇게 길을 추억한다는 것은 내게 좋은 운동이 된다. 이 글을 쓰면서 나는 산책의 의무에서 해방되는 느낌이다. 나는 내 집 밖으로 나섰음을 확실히 알 수 있으니까.

—가스통 바슐라르, 『공간의 시학』

걷는 것은 자신을 세계로 열어놓는 것이다. 발로, 다리로, 몸으로 걸으면서 인간은 자신의 실존에 대한 행복한 감정을 되찾는다. 발로 걸어가는 인간은 모든 감각기관의 모공을 활짝 열어주는 능동적 형식의 명상으로 빠져든다. 그 명상에서 돌아올 때면 가끔 사람이 달라져서 당장의 삶을 지배하는 다급한 일에 매달리기보다는 시간을 그윽하게 즐기는 경향을 보인다. 걷는다는 것은 잠시 동안 혹은 오랫동안 자신의 몸으로 사는 것이다. 숲이나 길, 혹은 오솔길에 몸을 맡기고 걷는다고 해서 무질서한 세상이 지워주는 늘어만 가는 의무들을 면제받는 것은 아니지만 그 덕분에 숨을 가다듬고 전신의 감각들을 예리하게 갈고 호기심을 새로이 할 수 있는 기회를 얻게 된다. 걷는다는 것은 대개 자신을 한곳에 집중하기 위하여 에돌아가는 것을 뜻한다.

세계를 이해하고 남들과 나눔으로써 그 세계에 의미를 부여하고 그 속에서 살아 움직이는 인간의 고유한 자질은 수백만 년 전 인간이라는 동물이 직립하게 되면서부터 생겨난 것이다. 과연 인간은 직립하여 두 발로만 걷게 되면서부터 손과 얼굴이 자유로워질 수 있었다. 이렇게 하여 수천 가지 운동이 가능해짐으로써 의사소통의 능력과 주변환경을 조종할 수 있는 여지가 무한히 확장되었고 그와 더불어 두뇌가 발달할 수 있는 길이 열렸다. 인

Charles Nègre, *Chimney-Sweeps Walking*, 1851

간이라는 종(種)은 두 개의 발로부터 시작되었다고 르루아 구랑은 말했다.[1] 그런데도 우리 시대의 대다수 사람들은 그 사실을 잊어버리고 인류가 아득한 옛날부터 자동차를 타고 와서 땅 위에 내려서는 중이라고 믿고 있다. 신석기시대 이래 지금까지 인간은 늘 똑같은 몸, 똑같은 육체적 역량, 변화무쌍한 주변환경과 여건에 대처하는 똑같은 저항력을 갖고 있다. 오만한 오늘의 사회는 그 오만 때문에 호된 벌을 받고 있지만 우리 인간들이 가진 능력은 네안데르탈인들의 그것에 비하여 조금도 달라진 것이 없다. 수천 년 동안, 그리고 오늘날까지도 여전히, 인간들은 한 장소에서 다른 장소로 옮겨가기 위하여 발로 걸었고 지금도 걷는다. 인간들은 전신으로 세상과 싸우면서, 살아가는 데 없어서는 안 될 재화를 하루하루 생산하는 데 최선을 다했다. 아마도 인간이 개인의 육체적 기동성과 저항력을 오늘날의 사회에서만큼 적게 사용한 적은 없었을 것이다. 걷기, 달리기, 헤엄치기 등 육체의 가장 기본적인 능력에서 생겨나는 인간 고유의 에너지가 일상생활 속에서 노동, 장소 이동 등과의 관계 속에서 요구되는 일은 극히 드물어졌다. 60년대까지만 해도 아직 냇물에서 헤엄치는 사람들을 볼 수 있었지만 이제는 사실상 아무도 냇물에서 헤엄치지 않으며 보기 드물게 허용된 장소를 제외하고는 아무도 자전거를 타지 않는다.

일터에 가기 위하여 혹은 일상의 볼일을 보기 위하여 두 발로 걷는 사람은 날로 드물어지고 있다.

도시의 혼잡과 그 혼잡으로 인하여 생기는 일상의 무수한 비극에도 불구하고 이제 자동차가 일상생활의 여왕으로 군림하게 되면서 우리 시대의 수많은 사람들에게 있어서 육체는 거의 남아도는 군더더기 장식이 되고 말았다. 인간의 조건은 움직이지 않는 앉은뱅이 조건으로 변하여 그 나머지 일들에는 온갖 인공 보철기구들의 도움을 받는다. 사정이 이렇다보니 오늘날 육체란 손보아야 할 비정상적 대상 혹은 다듬어야 할 초벌구이쯤으로 여겨지는가 하면 심지어 육체를 제거해버리고자 꿈꾸는 사람까지 있다[2]한들 놀라울 것이 없다. 각 개인들은 여러 가지 활동에 있어서 육체적 에너지보다 신경 에너지를 더 많이 소모한다. 육체는 현대의 발뿌리에 걸리는 불필요한 장애물이다. 육체는 주위환경에 작용하는 그것 본래의 고유한 활동들의 몫이 제한된 만큼 점점 더 부담스러운 대상으로 변한다. 이처럼 육체의 중요성이 점차로 줄어들면서 인간은 세계관에 상처를 입고 현실에 작용하는 범위가 제한되며 자아의 존재감이 감소하고 사물에 대한 인식이 약화된다. 여러 가지 보상적 활동들을 통하여 이 같은 자아 침식을 막지 않는 한 이런 현상은 가속화할 것이다. 두 발은 이제 자동차를 운전하거나 에스

컬레이터나 인도 위에 멈춰서 있을 때 잠시 동안 보행자의 신체를 떠받쳐 주는 데 더 많이 사용되고 있다. 발을 사용하는 대다수의 사람들은 불구자꼴이 되어 그들에게 몸은 거추장스럽기만 할 뿐 아무 쓸모가 없다. 그밖에는 인간의 두 발은 써먹을 기회가 너무나 드물어서 많은 경우 처치곤란한 존재가 되어버린 나머지 조그만 가방 속에 담아 한쪽으로 치워놓아도 괜찮을 것 같아 보인다. 롤랑 바르트는 50년대에 벌써 '걷는다는 것은 아마도―신화적인 측면에서 볼 때―가장 범속한, 따라서 가장 인간적인 몸짓인 것 같다. 모든 꿈, 모든 이상적인 이미지, 모든 사회적 지위향상(초상화를 그릴 때건 자동차를 탈 때건)에 있어서 제일 먼저 제쳐놓는 것이 두 다리.'[3] 아닌 게 아니라 세인들은 어수룩한 사람을 가리켜 **발처럼 어리석다**(bête comme ses pieds)고 말하지 않는가.

어떤 CD롬은 심지어 자신의 방 안을 빙빙 돌아다니는 자비에 드 메스트르[4]의 그것보다도 더 미니멀한 가상의 도보여행을 시켜주겠다고 제안한다. 아예 육체를 동원할 필요가 없는 이런 도보여행자들은 사무실 안에 가만히 앉아 있기만 하면 된다. 컴퓨터의 모니터는 여행자 자신이 프로그램을 마음대로(어느 정도까지만은) 조종할 수 있는 텔레비전과 같은 기능을 가진다. 벽난로에는 장작불이 타고 있고 이용자들은 편안한 숙소에 들어 환대받는다. 탁자에는 장차 할 도보여행의 사진들이 널려 있고 지도가 펼쳐져 있으며 의자 위에는 쌍안경이 놓여 있다. 여러 가지 기호들이 이어지면서 피도 살도 필요 없고 다리도 몸체도 움직일 필요가 없는 이 여행코스를 실감나게 해준다. 적절한 지점을 클릭하면 각종 사진들이 나타나 살아 움직이듯 그 내용을 아주 정확하게 펼쳐보이면서 그 코스로 가는 동안 볼 만한 것들을 골고루 구경시켜준다. 한 번 더 클릭하면 문이 열리고 오솔길이 나타나고 새들이 날아오른다. 마우스를 움직이면 그 새들의 이름과 습성까지 소상하게 알 수 있다.

오늘날과 같은 세상의 맥락 속에서 생각해보면 걷는다는 것은 어떤 형태의 향수나 저항을 연상시킬 수도 있다. 걷는 사람들은 자동차를 버리고 여러 시간 혹은 여러 날 동안 신체적 차원에서 세상의 알몸 속으로 직접 뛰어드는 모험을 감행하기로 작정한 특이한 개인들이다. 보행은 걷는 사람이 얼마나 자유스러우냐에 따라 뉘앙스가 달라지는 육체의 승리다. 걷기는 별것 아닌 작은 일들에 대한 기본적 존재철학의 발전에 알맞은 것이다. 걷는 동안 여행자는 자신에 대하여, 자신과 자연과의 관계에 대하여, 혹은 자신과 타인들의 관계에 대하여 질문하게 되고 뜻하지 않은 수많은 질문들에 대하여 깊이 생각해보게 된다. 바쁜 사람들이 지배하는 세상에서 한가로이 걷는 것은 시대착오적이라고 여겨질지도 모른다. 시간과 장소의 향유인 보행은 현대성으로부터의 도피요 비웃음이다. 걷기는 미친 듯한 리듬을 타고 돌아가는 우리들의 삶 속에서 질러가는 지름길이요 거리를 유지하기에 알맞은 방식이다.

그렇지만, 우리들의 발에는 뿌리가 없다. 발은 움직이라고 생긴 것이다. 우리 시대의 대다수 사람들에게 있어서 걷기는 더 이상 장소 이동의 가장 핵심적인 수단이 아니지만 반면에 도보여행, 트레킹, 걷기 동호회나 특히 콤포스텔라 같은 옛 순례길의 인기, 산책에 대한 되살아나는 관심 등 여가 활동, 자기확인, 고요함, 침묵, 자연과의 접촉의 모색 등으로 그 중요성을 더해 가고 있다. 때로는 여행사에서 이러한 걷기 활동을 조직하고 지도하는 경우도 있지만 대부분 보행자들 스스로 손에 지도를 들고서 혼자 길을 나선다. 어떤 사람들은 주말에, 혹은 여가시간에 걷고 또 어떤 사람들은—프랑스에서는 그 수가 수백만에 이른다—민박집이나 산장에 묵어가면서 여러 날에 걸쳐 도보여행을 한다. 일상생활에 있어서 대중들이 걷는 것을 좋아하지 않게 된 것이나 혹은 반대로 여가활동의 수단으로 걷기를 중요시하는 것은 곧 우리 사회에서 육체의 지위가 어떤 것임을 단적으로 말해준다. 이리하여 우리 사회가 침묵과 마찬가지로 쉽게 허용하지 않는 산책은 생산성, 응급, 노동과 타자에 적극적으로 응할 태세(휴대용 전화는 바로 이러한 태세를 희화적으로 노출시키고 있다) 등의 강력한 제약들과 대립적인 성격을 지닌다.

　나는 걷기에 관한 백과사전을 쓰거나 걷기의 사용법을 안내하거나 그것의 인류학을 기술하려는 것이 아니다. 사회적 저항의 익숙한 통과의례가 되어버린 온갖 시위 행위 이외에도 또 다른 여러 가지 걷기 행위가 항거의 형태로 나타난다. 저항적 야당 정치인들이 간디나 마오쩌둥을 본받아[5] 자신들의 걸음걸음으로 세상을 뒤흔들면서 장거리 행진을 하는 경우가 그러하다. 가출하여 이 역 저 역으로 떠도는 젊은이들도 있고,[6] 고통스럽게 발걸음을 옮기는 주거부정의 노숙자들도 있다. 그러나 그들 각자가 가는 길은 같은 길이 아니다. 그들은 저마다 독자적인 세상의 차원을 걸어가고 있으므로 서로 마주칠 가능성은 별로 없다. 나의 의도는 오히려 가슴 뿌듯한 기쁨을 안고 기꺼이 걷는 걸음에 대하여 얘기하는 데 있다. 만남과 대화를 가져오는 걸음, 시간을 음미하고 마음내키는 대로 멈추거나 가던 길을 계속하는 그런 걸음 말이다. 내가 원하는 것은 즐거움에로의 초대일 뿐 잘 걷는 방법의 안내가 아니다. 생각에 잠기기도 하고 걷기도 하는 그 고즈넉한 즐거움.

이 책에 있어서 글쓰기와 성찰의 중심은 감각적 쾌락과 세상을 향유하는 마음이다. 나는 글쓰기와 걸어온 길들을 통해서 이 세상 속을 자유롭게 출입하고 싶었다. 이 책 속에서는 피에르 상소와 패트릭 레이 퍼모가 뒤섞이고 바쇼와 스티븐슨이 서로 대화한다. 여기서 역사적인 엄밀함 같은 것은 그리 중요하지 않다. 그저 함께 걸어보자는 것뿐이다. 그리하여 저녁이 되면 길가의 여인숙 식탁에 둘러앉아 피곤과 한잔 술로 입이 열리면 마음속의 인상들을 서로 나누자는 것이다. 그저 좋은 동반자들과 같이 걷는 단순한 산책의 이야기를 하고 싶을 뿐이다. 이 때 저자에게 중요한 것은 걷는 즐거움만이 아니라 숱한 책읽기의 즐거움을 말하는 것이다. 모든 글쓰기는 다른 글쓰기에서 자양분을 얻는 것이니 작가의 붓끝에 자양분을 공급해주고 있는 저 환희에 빚지고 있음을 글 속에 밝히는 것은 지극히 당연한 일이다. 그밖에, 이 책 속에 담아놓은 것은 스쳐 지나가는 추억들, 중요하면서도 사소한 인상, 만남, 대화, 한마디로 말해서 세상사는 흥취 같은 것이다.

걷는 맛

Frederick H. Evans, *In Redland Woods, Surrey*, 1894

나는 하루에 최소한 네 시간 동안, 대개는 그보다 더 오랫동안 일체의 물질적 근심걱정을 완전히 떨쳐버린 채 숲으로 산으로 들로 한가로이 걷지 않으면 건강과 온전한 정신을 유지하지 못한다고 믿는다. 나는 단 하루라도 밖에 나가지 않은 채 방구석에만 처박혀 지내면 녹이 슬어버리고 오후 4시—그 하루를 구해내기에는 너무 늦은 시간—가 훨씬 넘어서, 그러니까 벌써 밤의 그림자가 낮의 빛 속에 섞여들기 시작하는 시간에야 비로소 자리를 비울 수 있게 되면 고해성사가 필요한 죄라도 지은 기분이 된다. 솔직히 고백하거니와 나는 여러 주일, 여러 달, 아니 사실상 여러 해 동안 상점이나 사무실에 하루 종일 틀어박혀 지내는 내 이웃 사람들의 참을성, 혹은 정신적 무감각에 놀라지 않을 수 없다.

— 헨리 데이비드 소로, 『걷기』

걷기

걷기는 세계를 느끼는 관능에로의 초대다. 걷는다는 것은 세계를 온전하게 경험한다는 것이다. 이때 경험의 주도권은 인간에게 돌아온다. 기차나 자동차는 육체의 수동성과 세계를 멀리하는 길만 가르쳐 주지만, 그와 달리 걷기는 눈의 활동만을 부추기는 데 그치지 않는다. 우리는 목적 없이 그냥 걷는다. 지나가는 시간을 음미하고 존재를 에돌아가서 길의 종착점에 더 확실하게 이르기 위하여 걷는다. 전에 알지 못했던 장소들과 얼굴들을 발견하고 몸을 통해서 무궁무진한 감각과 관능의 세계에 대한 지식을 확대하기 위하여 걷는다. 아니 길이 거기에 있기에 걷는다. 걷기는 시간과 공간을 새로운 환희로 바꾸어놓는 고즈넉한 방법이다. 그것은 오직 순간의 떨림 속에만 있는 내면의 광맥에 닿음으로써 잠정적으로 자신의 전 재산을 포기하는 행위다. 걷기는 어떤 정신상태, 세계 앞에서의 행복한 겸손, 현대의 기술과 이동수단들에 대한 무관심, 사물에 대한 상대성의 감각을 전제로 한다. 그것은 근본적인 것에 대한 관심, 서두르지 않고 시간을 즐기는 센스를 새롭게 해준다. 스티븐슨이 생각하기에 '진정한 걷기 애호가는 구경거리를 찾아서 여행하는 것이 아니라 즐거운 기분을 찾아서 여행한다. 다시 말해서 아침의 첫걸음을 동반하는 희망과 에스프리, 저녁의 휴식에서 맛보는 평화와 정신적 충만감을 찾아서 여행한다.' [7]

루소에게 있어서 걷기는 고독한 것이며 자유의 경험, 관찰과 몽상의 무궁무진한 원천, 뜻하지 않는 만남과 예기치 않은 놀라움이 가득한 길을 행복하게 즐기는 행위다. 젊은 시절의 토리노 여행을 추억하면서 루소는 걷기의 향수와 행복을 말한다. '나는 내 일생 동안 그 여행에 바친 칠팔 일 간만큼 일체의 걱정과 고통으로부터 완전히 해방된 틈을 가져본 기억이 없다……. 그 추억은 그 여행과 관련된 모든 것, 특히 산들과 도보여행에 대한 가장 생생한 맛을 내게 남겨놓았다. 나는 오직 행복한 날에만 늘 감미로운 기쁨을 만끽하며 걸어서 여행했다. 머지않아 온갖 책무들, 볼일, 들고 가야 할 짐보따리 때문에 나는 하는 수 없이 점잔을 빼면서 자동차를 타야 했다. 전과 달리 그때부터 내가 여행에서 느낄 수 있었던 것은 오로지 가는 기쁨과 도착하는 기쁨뿐이었다.' [8]

스위스의 솔로투른에서 파리로 가면서 청년 루소는 중요한 것이라곤 오직 존재하는 것뿐인 이 완벽한 순간들에 대하여 이렇게 말한다. '이 여행에는 보름이 걸렸는데 나는 이때를 내 생애에서 가장 행복했던 시간들로 꼽을 수 있다. 나는 젊었고 건강했으며 돈도 충분히 있었고 희

Werner Bischof, *Andean boy, Cuzco*, 1954

망에 부풀어 있었다. 나는 여행을 하는 것이었다. 도보로, 그것도 혼자서 여행하는 것이었다……. 여러 가지 감미로운 공상들이 나의 동행이 되어주고 있었다. 내 뜨거운 상상력이 내게 이처럼 멋진 공상들을 안겨준 적은 한 번도 없었다……. 나는 한 번도 이렇게 많은 생각을 해본 적이 없었으며 이렇게 뿌듯하게 존재하고 살아본 적이 없었다. 이런 표현이 어떨지 모르겠으나 나는 그때 혼자 걸어가면서 했던 생각들과 존재들 속에서만큼 나 자신이었던 적은 한 번도 없었다.'[9]

청년 카잔차키스가 열광적으로 털어놓는 신념선언도 마찬가지다. '젊다는 것, 스물다섯 살의 젊은이라는 것, 신체가 튼튼하다는 것, 자신의 가슴을 쪼그라들게 하거나, 만사를 한결같이 무사무욕하게, 한결같이 열정적으로 사랑하는 것을 방해하는 사람이라면 그가 남자든 여자든 결코 사랑할 수 없다는 것, 봄철이건 여름철이건 상관없이 등에 륙색을 짊어지고, 가을이건 겨울이건, 비를 맞으며 혹은 과일을 짊어지고 이탈리아의 이 끝에서 저 끝으로 혼자 걸어서 여행한다는 것 —분별없는 사람이 아니고서야 그보다 더 큰 행복을 바랄 수는 없을 것 같다.'[10]

비록 간단한 산책이라 하더라도 걷기는 오늘날 우리네 사회의 성급하고 초조한 생활을 헝클어놓는 온갖 근심걱정들을 잠시 멈추게 해준다. 두 발로 걷다보면 자신에 대한 감각, 사물의 떨림들이 되살아나고 쳇바퀴 도는 듯한 사회생활에 가리고 지워져 있던 가치의 척도가 회복된다. 자동차 운전자나 대중교통의 이용자들과는 달리 발을 놀려 걷는 사람은 세상 앞에 벌거벗은 존재로 돌아와 자신의 행동에 책임을 지고 있음을 느낀다. 그는 인간적인 높이에 서 있기에 가장 근원적인 인간성을 망각하지 않는다.

여행의 단초에는 우선 어떤 꿈, 계획, 의도가 있기 마련이다. 상상을 채찍질하는 그 어떤 이름들, 길이, 숲이, 사막이 부르는 소리, 일상에서 벗어나 몇 시간 혹은 몇 년 동안 슬쩍 빠져나가고 싶은 마음. 혹은 어떤 지역을 답사하여 더 잘 알고 싶은 욕심, 서로 떨어져 있는 공간의 두 지점을 이어보고 싶은 욕망, 혹은 순수한 유랑의 선택. 세상에는 여행을 다녀온 사람들의 이야기, 전하는 말, 앞뒤가 맞지 않는 무용담, 여기가 아니라 저기를 가보는 것이 더 좋다는 권유들이 얼마든지 있다. 세상의 아득한 저 끝에 대한 꿈은 언제나 사납고 매혹적인 법. 그리하여 그 세상 끝에 이르러 허리 굽혀 들여다보면 바닥 없는 심연이 보일 것 같고 몸을 일으켜 세우면 거대한 벽이 가로막을 것만 같은 느낌은 바로 그 꿈에서 자양을 얻어 생겨난 무의식 속의 풍경이라고 하겠다.

물론 길을 나서는 데는 무엇이든 좋은 구실이 된다. 같은 모음이 반복되면서 운이 맞는 어떤 이름, 손에 받아든 한 통의 편지나 어린 시절에 읽은 한 권의 책의 추억, 맛보고 싶은 어떤 음식, 너무 멀리 가지 않고 조용하게 보내고 싶은 며칠, 혹은 멀찍이 떨어진 곳에 파묻힌 채 잊어버리고 싶은 참혹한 사건, 무슨 구실이든 다 좋다. 1935년 여름 열아홉 살 먹은 영국 젊은이 로리 리는 어느 날 아침 문득 고향집을 떠난다. 그리고 아무 거리낌 없이 자신의 난처한 상황에서 벗어나버린다. '자 그럼 어디로 갈까? 프랑스로? 이탈리아로? 그리스로? 요컨대 어딘가에 가야겠다는 것뿐이었다. 그 세 나라에 대해서 나는 전혀 아는 것이 없었다. 내게 있어서 그 세 나라는 무슨 오페레타 음색 같은 것이 막연히 느껴지는 이름들에 불과했다. 외국어라곤 아는 것이 없는지라 어느 나라로 가든 나는 갓 태어난 신생아와 다를 것이 없을 게 뻔했다. 그러다가 문득 어디선가 들었던 간단한 한마디의 스페인 말이 기억났다. '미안하지만 물 한 잔만 주시겠습니까?' 결국 스페인으로 가면 어떨까 하는 나의 생각에 결정적인 계기가 된 것은 어쩌면 그 초보적인 한마디 말이 아니었나 싶다.'[11] 로리 리보다 몇 달 전인 1933년 12월, 또 다른 열여덟 살의 영국 젊은이 패트릭 리 퍼모는 편안한 고향땅을 떠나 홀랜드에서 콘스탄티노플까지 도보로 유럽대륙을 누비고 다닌다. '환경을 바꾸고 런던과 영국을 버리고 나서 거렁뱅이처럼 —혹은 내가 잘 쓰는 표현처럼 순례자나 떠돌이 승려나 절망한 기사처럼……. —유럽을 가로질러간다는 것, 그것이야말로 당연할 뿐만 아니라 단 한 가지 해볼 만한 일이었다. 나는 걸어서 여행할 작정이었다. 여름철에는 건초더미 속에서 자고 비나 눈이 올 때는 헛간에서 쉬고 오직 농부들과 거렁뱅이들과만 어울리리라……. 또 하나의 새로운 삶! 자유! 내가 글로 쓸 수도 있을 그 무엇!' [12]

세상에는 또 두려움을 없애주며 갈팡질팡하지 않고 걸어나갈 방향을 정하도록 도와주는 여러 가지 책들과 안내서들이 있다. 그리고 지도들도 있다. 거기에 표시된 온갖 선들과 색채들을 유심히 보면서 우리는 굽이도는 길, 잠잘 곳과 은신할 곳의 멀고 가까움을 자신의 근육과 구체적 시간의 척도로 읽어내고 점증하는 장애물들, 건널 수 없는 시냇물들, 붉어진 땅을 알아볼 수 있어야 하며 나아가 미지의 고장에서 장기간 동안 여행하는 사람의 경우에는 춥고 더운 지역을 알아내고, 비 많은 곳, 계절풍, 태풍, 있을 수 있는 홍수, 심지어 내전과 같은 불상사까지에도 유의해야 한다. 기상학적, 지리적, 사회적 재난 때문에 길을 떠날 수가 없어져서 걷고 싶은 사람의 발을 묶어놓을 수도 있는 것이다. 눈앞에 펼쳐놓은 지도나 흥미진진한 이야기들과는 딴판으로, 욕망을 설레게 하는 상상의 선들 저 너머에, 한 걸음 한 걸음 에누리 없이 밟아가야 할 현실의 길이 가로누워 여행자의 육체적 정신적 의지와 저항에 그것 특유의 까다로운 제약을 가하게 될 것이다. '그 같은 말 뒤에서, 종이 위에 그려진 허구의 지도상에 관습적으로 펼쳐져 있는 저 형상과 기호들 저 너머에서 나는 지리학적 세계의 구체적 고장 속에서 볼륨과 돌과 흙과 산과 물의 모습으로 사실상 존재하는 것들을 알아차리지 않으면 안 될 것이다.'[13)]

첫걸음

바쇼는 계절과 나날들이 흘러 지나가는 것을 보면서 시간 그 자체가 쉴 줄 모르는 여행자라고 지적한 바 있다. 상습적인 보행자는 길을 자신의 거처로 삼고 있어서 때로는 길 위에서 죽음을 맞기도 한다. 바쇼는 오랫동안 세상을 멀리하여 은거하다가 떠나고 싶은 욕구가 마음속에 차오르는 느낌을 이렇게 말한다. '어느 해부터이던가, 구름조각이 바람의 유혹에 못 이기듯 나는 끊임없이 떠도는 생각들에 부대끼게 되었다. 그리하여 나는 바다 기슭을 떠돌았는데 이윽고 지난해 가을에는 강가에 있는 내 오두막에서 해묵은 거미줄들을 쓸어버렸다. 이내 한

해의 끝이 되었고 또 봄이 돌아오자 가벼운 안개 속을 지나 시라가와의 울타리 저 너머로 떠나고 싶은 마음이 불현듯 일었다. 여행벽의 신이 내 정신을 흔들고 길의 신들이 부르는 소리에 귀가 솔깃해진 나머지 아무 일도 손에 잡히지 않는지라 나는 찢어진 바지를 꿰매고 모자끈을 손보는 즉시 슬개골 밑에 쑥뜸을 붙이고서 벌써부터 마쓰시마의 달에 마음을 맡긴 채 다른 사람에게 내 거처를 넘겨주었다.' 14)

속담에서는 오직 한 가지 중요한 것은 첫걸음이라지만 그 첫걸음이 항상 쉬운 것은 아니다. 그 첫걸음으로 인하여 우리는 한동안 규칙적인 생활의 고즈넉함에서 뿌리가 뽑혀 예측할 길 없는 길과 날씨와 만남들과 그 어떤 다급한 의무에도 매이지 않는 시간표에 몸을 맡기게 된다. 들길을 터벅터벅 걸어가는 사람의 저 발걸음의 리듬으로부터 친구도 가족도 멀어져간다. 가던 길을 되돌아오는 것은 더욱 힘들어진다. 젊은 로리 리는 런던에 있는 그의 동네에서 점점 멀어져가는 150킬로미터의 머나먼 길을 한 걸음 한 걸음 밟아갈 마음의 준비를 한다. 그러나 떠남의 시작은 쓰라리다. 딱총나무 가지들과 들장미들로 뒤덮인 생목울타리를 바라보자 낯익은 기억들이 밀려든다. 한편에는 가정의 품에서 보낸 계절들의 추억이 불러일으키는 감동, 다른 한편에는 자동차들이 아직 공간을 온통 제 것으로 독차지해 버리지는 않고 그저 드문드문 지날 뿐인 그 축복받은 시간에 무심한 고요만 가득한 일요일의 뜨겁고 인적 없는 길. 아직은 마음먹은 일을 단호하게 결행하기가 망설여지는 이 도보여행자 앞에 하나의 세계가 펼쳐져 있다. '그 고독한 첫날 아침나절과 저녁나절 줄곧 나는 누군가 와서 나를 구해주기를, 혹은 누군가 내 계획을 가로막아주기를 바라는 나 자신을 발견하고 놀라곤 했다. 내 뒤를 따라오는 발소리가 들리겠지, 어떤 목소리, 가족 중의 누군가가 뒤에서 나를 부르겠지 하고 기대하는 것이었다.' [15] 그러나 그의 새로운 자유에 금이 가게 하는 그 어떤 부르는 소리도 들리지 않았고 세계는 그의 앞에 가없이 펼쳐져 있었다. 그 통과의례와 같은 여행길의 끝에는 내전 이전의 스페인이 그를 기다리고 있을 것이었다.

평소의 모든 활동과 일상적인 임무, 체면상 필요한 일이나 남들에게 신경쓰는 일 따위는 물론, 하던 일마저 손에서 놓아버린다. 걸어서 떠나는 사람은 익명 속으로 미끄러져 들어가는 것을 즐기고 함께 길을 가는 동행이나 길에서 만난 사람들 이외에는 더 이상 그 어느 누구를 위해서도 존재하지 않는 입장이 된 것을 즐긴다. 주저해왔던 일을 결행하기 위하여 발을 내딛는다는 것은 길건 짧건 어느 한동안에 있어서 존재의 변화를 의미한다.

Josef Sudek, *View of the First Courtyard through the Matthias Gate*

처음 내딛는 발걸음에는 꿈의 가벼움이 담겨 있다. 인간은 자신의 욕망이 뻗어간 선을 따라 걷는다. 머릿속에는 온갖 영상들이 가득하고 어느 것에나 응할 용의를 갖추었으니 몇 시간 뒤 찾아올 피곤을 그는 아직은 알지 못한다. '이제부터 나는 상상의 현실이 무시무시하다는 것을, 겁주는 도깨비들 중에서도 그것이 가장 사나운 도깨비라는 것을 똑똑히 알 것 같다. 출발 전날 밤의 이 어지러운 꿈보다 더 두려운 것은 없다. 그러므로 나는 문득 깨어나지 않으면 안 된다. 그리하여 나는 길 위에 선다.'[16] 그러나 떠나는 것만이 전부는 아니다. 자신의 힘을 과대평가해서는 안 된다. 길 떠난 처음 며칠의 열광은 머지않아 보다 적절한 균형상태로 환원되고 고삐 풀려 방랑의 기분을 한껏 돋구어주던 그 돌연한 가속도 역시 끝이 난다. 몇 시간 몇 날 심지어는 몇 주일 동안 걷고 또 걷지 않으면 안 될 것이다. 그럴진대 규칙적인 걸음으로 똑바로 걷는 방법을 제대로 배우는 것이 낫다.

시간의 왕국

걷기는 집의 반대다. 걷기는 어떤 거처를 향유하는 것의 반대다. 우연히 내딛는 걸음걸음이 인간을 과객으로,

길 저 너머의 나그네로 변모시키기 때문이다. 그를 걷잡을 수 없는 인간으로, 집도 절도 없는 인간으로, 구두밑창이 닳도록 어느새 저만큼 떠나버린 인간으로 만들어버리기 때문이다. 이 세계는 바로 그가 저녁마다 잠자는 한 지점이기 때문이다. 여기 혹은 저기에 존재한다는 것은 실처럼 뻗어간 길, 고저장단으로 변화하는 곡선의 한 과정에 불과하다. 사실 걷는 사람은 공간이 아니라 시간 속에다가 거처를 정한다. 저녁에 멈추는 발걸음, 밤의 휴식, 그리고 식사는 매일같이 새롭게 달라지는 거처를 체험적 시간 속에 새겨놓는다. 걷는 사람은 시간을 제 것으로 장악하므로 시간에게 사로잡히지 않는다. 숱한 여러 가지 다른 수단들을 다 버리고 바로 이런 이동수단을 택함으로써 그는 달력의 시간과 맞서서 자신의 양보할 수 없는 권능을, 사회적 리듬에 맞서서 자신의 독립성을 앞세운다. 그리하여 길가에서 등에 진 배낭을 벗어놓고 달콤한 낮잠을 즐기거나 돌연 마음을 흔들어놓는 한 그루 나무나 어떤 풍경을 음미하거나 또는 운 좋게 목격하게 된 어떤 지역의 풍습에 관심을 가질 수 있는 선택이 가능해지는 것이다. 로리 리는 육체의 척도에 비추어볼 때 자신이 발로 걸어가는 영국의 그 땅 조각이 얼마나 광대한 것인가를 깨닫는다. '자동차로 달렸으면 두 시간도 채 안 되어 쉽사리 그 지역을 통과했을 터이다. 그러나 여러 갈

래의 길을 따라 한가로이 거닐고 새로운 땅을 만날 때마다 냄새를 맡아대는 나인지라, 그저 어떤 동산을 한 바퀴 도는 데만 아침나절을 다 보내는 나인지라, 그곳에 이르는 데 사실상 일주일이 좋이 걸렸다.'[17]

단조롭기만한 풍경, 더위, 마음을 산란하게 하는 근심 걱정 때문에 걷는 것이, 지루한 시간을 따라 늘어나는 권태의 발소리로만 느껴지는 때도 더러 있다. 어서 다음 기착지에 다다랐으면 하는, 그만 집으로 돌아갔으면 싶은 조바심 때문에 그의 발걸음이 휴식시간에 벌을 받아 학교 운동장을 타박타박 걸어서 돌아야 했던 어린 시절의 경험을 상기시키는 순례길이 되어버리는 것이다. 마음 같아서는 한시바삐 짐보따리를 부려놓고 다른 일을 하고 싶다. 그러나 때로는 권태 역시 하나의 조용한 관능적 쾌감일 수 있고 정신없이 돌아가는 평소의 광란을 벗어난 잠정적 철수상태일 수 있다. 그리하여 아침에 깨어나면 빈손인 채 무엇을 해야 할지 몰라 어리둥절해지고 남아도는 시간이 너무 많아서 뭔가 해야 할 일을 안 하고 있다는 막연한 가책까지 슬그머니 찾아든다. 자신의 게으름에 대한 이런 역설적인 느낌에도 불구하고 그날 하루 동안 도보여행자는 30킬로미터가 넘는 먼 길을 걸었을 수도 있다.

걷는 사람은 시간의 부자다. 그에게는 한가로이 어떤 마을을 찾아들어가 휘휘 둘러보며 구경하고 호수를 한바

퀴 돌고 강을 따라 걷고 야산을 오르고 숲을 통과하고 짐
승들이 지나가는 목을 지키거나 혹은 어느 떡갈나무 아
래서 낮잠을 즐길 수 있는 여유가 있는 것이다. 그는 자
기 시간의 하나뿐인 주인이다. 그는 자신의 원소 속에 몸
을 담그고 있듯이 자신의 시간 속에 몸담고 유영한다. 레
지스 드브레는 말한다. '발걸음의 문화는 덧없음의 고뇌
를 진정시켜준다. 걸어서 하루에 30킬로미터를 갈 때 나
는 내 시간을 일 년 단위로 계산하지만 비행기를 타고 삼
천 킬로미터를 날아갈 때 나는 내 인생을 시간 단위로 계
산한다.' [18] P.리 퍼모는 자신이 우정을 맺었던 곳에서 아
예 몇 주일씩 머문다. 물론 밀림이나 사막을 뚫고 지나가
는 어려운 상황이라면 선택의 여지가 없을 수도 있다. 우
리가 나중에 버튼과 스피크의 경우에서 보게 되겠지만,
끔찍한 여정에도 불구하고 기나긴 시간과 타협하지 않으
면 안 되는 수많은 탐험들에서처럼, 걷는다는 것은 때때
로 어쩔 수 없는 수단에 불과하다. 그러나 대다수의 경
우, 걸어서 여행하는 사람은 누구에게 무엇을 보고해야
할 의무 같은 것은 없는 자유인이다. 그야말로 기회와 가
능성의 인간이요 흘러가는 시간의 예술, 길을 따라가며
수많은 발견을 축적하는 변화무쌍한 상황의 나그네다.
스티븐슨은 생각한다. '더 이상 시간을 지킬 필요가 없이
보내는 삶, 그것이 바로 영원이다. 오직 배고픔으로만 시

간을 측정하고 잠이 올 때에야 비로소 끝이 나는 여름날 한나절의 길이가 얼마나 되는지 실제로 겪어보지 않고서는 가늠하지 못할 것이다.'[19]

걸어서 길을 가다보면 시간의 길이에 대한 일체의 감각이 사라져버린다. 걸어서 가는 사람은 몸과 욕망의 척도에 맞추어 느릿느릿해진 시간 속에 잠겨 있다. 혹시 서두르는 경우가 있다면 오직 기울어가는 해보다 더 빨리 가야겠다는 서두름 정도이겠다. 종루의 시계는 우주적이다. 그 시계는 시간을 꼼꼼하게 잘라 나누어놓는 문화의 시계가 아니라 자연과 몸의 시계다. 시간 속에서의 자유는 또한 같은 여행 중에 깊은 산속을 걸으면서 여러 계절을 두루 거쳐가는 자유이기도 하다. 가령 눈 속에 사는 표범들의 생태를 관찰하기 위하여 티베트 국경 부근 네팔지역 돌포고원을 찾아간 마티센과 그의 동료 조르주 샬러가 경험한 것이 바로 그런 자유다. '라카는 한겨울이었다. 무르와에서는 이제 막 날씨가 험악해지고 있었고 로하가웅은 무르익은 가을이었다. 티브리코트로 내려가는 골짜기에서는 호두나무에 아직 잎이 달려 있다. 흐르는 물줄기를 따라 푸른 고사리들이 구릿빛 풀잎들에 엉켜 있는데 문득 오디새 한 마리를 만난다. 제비떼 나비떼들이 따뜻한 대기 속에 날고 있다. 이렇게 하여 나는 기울어가는 여름의 나른한 빛 속에서 시간을 반대로 거슬러가며 여행한다.'[20]

몸

때는 1969년. 무거운 장비를 장착하고 믿어지지 않을 정도로 많은 인공보철기구들 때문에 완전히 달라진 몸을 뒤뚱거리며 누가 누군지 알아볼 수 없게 된 사내들이 특수임무를 수행하고 있다. 그것은 적어도 대다수 사람들에겐 이룰 수 없는 꿈에 지나지 않았다. 달에서 걸어다니는 꿈 말이다. 시라노 드 베르주락 혹은 쥘 베른 소설의 주인공들에 뒤이어, 만화 속의 인물 땡땡에 뒤이어 처음 있는 일이다. 그 우주인들 중 한 사람인 닐 암스트롱은 가던 길을 되돌아온다. 그 고요의 바다 표면에 찍힌 자취들이 황홀한 듯 넋을 잃는다. 그는 자기 자신의 발자국을 사진 찍는다. 그것은 물론 그 무슨 프라이데이가 무인도에서 맨발로 밟고 지나간 발자국이 아니다. 이 로빈슨 크루소는 지금 자신의 신발로 사용하고 있는 무거운 기구들을 벗어버릴 생각이 전혀 없다. 실제 사실과는 아주 다르겠지만 할 수 없다. 적어도 나는 이렇게 상상해보는 것이 재미있으니 말이다. 닐 암스트롱은 그의 모든 신체적 기능들을 보조하여 자신을 외부세계로부터 보호해주는 진기한 기계들이 가득히 부착된 갑옷이 몸에 꼭 끼여 갑갑하다고 느낀다. 그렇지만 다급한 용변 같은 것은 전혀 걱정할 필요없다. 암스트롱은 자신이 달에서 보고 만지고 느끼고 냄새 맡고 맛보는 것이 무엇인지 좀 뒤늦게 자문해본다. 그는 나중에 자기의 아들이 그 순간에 무엇을 느꼈느냐고 물으면 뭐라고 대답할 것인지를 생각해본다. 그는 문득 자신의 고향 몬타나의 (그의 고향이 몬타나라는 것은 순전히 나의 상상일 뿐이다. 사실 나는 그가 어디 출신인지 알지 못하고 그런 것은 아무래도 좋다.) 시냇물이 미칠 듯이 그리워진다. 그는 우주복을 벗어버리고 고요의 바다에 몸을 던져 뒹굴고 싶고 달의 모래를 한 옴큼 집어가지고 뿌리면서 바람이 부는지 어떤지 알아보고 싶고 맨발로 달리면서 발바닥에 땅의 감촉을 느끼고 싶다. 그는 자신의 접촉자(接觸子)들과 마이크로 프로세서들과 걸음을 뒤뚱거리게 하는 그 무거운 갑옷 속에 답답하게 끼여 있는 자신이 보잘것없는 존재라고 느낀다. '이런 곳까지 와서 겨우 수천만의 사람들이 동시에 다 보고 있는 것을 바라보고 있는 것이 고작이라니 이 무슨 바보 같은 짓이람. 금방이라도 뛰어들어 헤엄치고 싶은 맑은 물을 눈앞에 둔 채 디프테리아에 걸려 가지고 바보같이 후들후들 떨고만 있는 꼴이 아닌가. 제 몸뚱어리가 있는지 없는지 제대로 느끼지도 못한 채 이놈의 것을 등에 지고 걷고 있다니 얼마나 우스꽝스런 일인가!' 하고 그는 씁쓸한 기분이 된다.(적어도 내가 상상하는 바는 그렇다.) 그저 맘 편한 틀 속으로 슬그머니 흘러들어 남들과

© Bohnchang Koo

다름없는 모습으로 찍혀지고 싶어하는 것이 세상이지만 바로 그 세상과 맞서서 내가 옳다는 확신을 가질 수 있는 상황들을 만들어내는 편이 오히려 낫겠다. 어쩌다 운이 없어서 암스트롱 같은 처지에 놓이게 되었을 경우 내가 속으로 느꼈을 법한 기분은 적어도 이런 것이다. 최고의 우주복 같은 것보다 이 세상 가득히 부는 바람이 몇 천 배 낫다. 제 몸뚱어리가 있는지 없는지 느끼지도 못한 채 걷는다는 것이 무슨 의미가 있는가? 물 없이 수영하는 것과 다를 바 없다. 보행은 몸의 비율만큼만 세계의 광대함을 줄인다. 이 광대한 세계 내에서 인간이 의탁할 수 있는 것은 오직 자신의 육체적 저항, 그리고 앞으로 나아가기에 가장 유리한 길을 선택하는 자신의 총명함뿐이다. 이때 유리한 길이란, 뿌리 없이 떠도는 유랑을 으뜸가는 철학으로 삼는 사람일 경우에는 가장 쉽게 길 잃게 하는 길일 것이고 단지 한 지점으로부터 다른 지점으로 이동하는 것에 만족하는 사람의 경우라면 가능한 한 복병을 만나지 않고 여행의 종착점에 이르도록 인도해주는 길일 터이다. 인간이 획책하는 모든 일이 다 그러하듯이 (머리로 생각하는 일까지 포함하여) 보행은 육체적 활동이다. 그러나 보행은 다른 활동들 이상으로 숨, 피로, 의지를 걸고 하는 일이다. 입술 닿을 만한 곳에 샘 하나 없고 뜨내기 노동자에게 진종일 쌓인 고단함을 풀어줄 주막집 하나 농가 하나 보이지 않을 때의 배고픔과 목마름, 험난한 길, 결국 어느 곳에 도착하게 될지 알 수 없는 불안을 견디어낼 용기를 걸고 하는 일이다.

보행자가 공간을 끝없이 돌아다닐 때 그는 자신의 몸을 통해서 그만큼의 대항해를 하는 것이다. 그리하여 그의 몸은 언제나 인식을 위한 탐사가 진행중인 어떤 대륙과 비길 만한 것이 된다. 보행자는 전신의 모든 살로써 세계의 두근거리는 박동에 참가한다. 그는 길바닥의 돌이나 흙을 만진다. 두 손으로 나무껍질을 어루만지거나 시냇물 속에 손을 담근다. 그는 연못이나 호수에서 헤엄친다. 냄새가 몸속에 파고든다. 젖은 땅 냄새, 보리수 잎사귀, 인동덩굴, 송진 냄새, 늪의 악취, 대서양 연안지대의 요드 냄새, 대기 속에 가득찬 꽃향기의 층. 그는 어둠에 싸인 숲의 미묘한 두께를, 땅이나 나무들이 발산하는 미묘한 신비의 힘을 느낀다. 그는 별을 보고 밤의 질감을 안다. 그는 고르지 못한 땅바닥에 누워 잔다. 새들이 우짖는 소리, 숲이 떨리는 소리, 폭풍이 밀려오는 소리나 마을에서 아이들이 부르는 소리, 시끄럽게 울어대는 매미소리나 햇빛 속으로 솔방울이 툭 하고 떨어지는 소리가 들린다. 그는 상처난 길 혹은 편안한 길을, 해질녘의 행복 혹은 고통을, 넘어지거나 곪아서 생긴 상흔을 알고 있다. 비를 맞아 옷이 젖고 양식이 젖고 오솔길이 질척거린다. 추위 때문에 발걸음이 더디어지고 결국은 땔감을 주워 모아 모닥불을 지펴 몸을 덥히고 가진 옷을 모두 꺼내 껴입을 수밖에 없다. 그런가 하면 더위 때문에 속옷이 살갗에 달라붙고 눈 위로 땀이 흘러내린다. 보행은 그 어떤 감각도 소홀히 하지 않는 모든 감각의 경험이다. 심지어 계절에 따라 열리는 산딸기, 머루, 오디, 개암열매, 호두, 밤의 맛을 아는 사람에게는 미각까지도 소홀히 하지 않는 전신감각의 경험이다.

여러 시간 동안 고단하게 애쓴 다음 잠시 쉬는 순간만큼 음식이 달고 맛있을 수는 없다. 그 음식이 비록 보잘 것없는 소량이라도. 보행은 삶의 평범한 순간들의 가치를 바꿔 놓는다. 보행은 그 순간들을 새로운 모습으로 재창조한다. 로리 리는 지친 보행자를 기다리는 온갖 식사를, 휴식의 행복을, 처음으로 나오는 음식접시를 가슴 떨며 기다리는 마음을 비길 데 없을 만큼 적절하게 묘사한다. '나는 식탁에 펄썩 주저앉아 굽힌 팔 위에 머리를 묻고 흐뭇한 기분으로 여인의 일거수일투족에 귀를 세운다. 프라이팬이 화덕 위에서 소리를 낸다. 탁 하고 달걀 껍질 깨는 소리, 기름이 지글거리며 끓는 소리가 들린다. 내 머리카락에서 땀방울들이 흘러서 두 손에 떨어지고 있었다. 머릿속엔 열기가 가득 차 있고 아직도 길의 하얀 먼지가 떨리는 광경이, 황금빛 밀밭들이 번뜩이는 모습이 눈에 선했다.'[21] 뜨거운 햇빛에 시달리고 난 다음 목을 축여주는 냉수, 레모네이드 혹은 맥주의 그 비길 데 없는 맛. 로리 리는 이렇게 쓰고 있다. '광천수의 첫 모금은 문자 그대로 내 입속에서 폭발했다. 그리고 입속에서 별 모양의 서리들이 되어 흩어졌다. 햄 한 접시와 헤레스 산 셰리주가 몇 잔 나왔다. 감미로운 무기력이 전신의 뼈 끝마다 잠처럼 퍼져갔다. 내게 후의를 베풀어준 사람들도 그들이 들려준 이야기도 이제 나는 기억하지 못한다. 오직 잠 속으로 가뭇가뭇 잦아들 때까지 즐겁게 마셨다는 기억만이 내 머릿속에 남아 있을 뿐이다.'[22]

한끼의 검소한 식사가 때로는 최고의 만찬보다 더 나은 것이니 그 포만감과 유쾌함은 지워지지 않는 기억으로 남는다. 온종일 걷고 난 뒤의 허기와 달콤한 피로가 뒷받침하게 되면 별것 아닌 음식이 침을 고이게 하는 미식으로 변한다. 타는 듯한 목마름 끝이라면 한잔의 물도 최고의 보르도 산 백포도주 이캠(Yquem) 못지않다. 귀스타브 루는 이렇게 쓴다. '극도의 목마름을 통해서 그대는 비로소 잎사귀 밑에 가려 있던 딸기의 맛을 알고 그대 마음속의 극단한 두려움을 통해서 비로소 교회와 그 서늘한 그늘을 안다. 더할 수 없는 피로와 졸음에 이르러서야 그대는 비로소 팔월 모래 속으로 가뭇없이 잦아드는 파도를 안다……. 모든 것이 마음속에서 힘없이 주저앉아 잠 속으로 빠져들 뿐일 때 비로소 그대는 한밤중의 하늘로 빠르게 솟아올라 가볍게 걸린 달을 볼줄 안다. 오랜 시간 동안 자욱한 연기를 피우며 타오르는 어떤 생각에 시달린 나머지 온 영혼의 질식상태에 이르러 보았을 때야 비로소, 양귀비 알껍질 속의 씨앗 같은 내면의 문장에 길든 귀를 지녔을 때야 비로소 살랑거리는 나뭇잎새들의 가벼운 노래와 그 애절한 자유를 안다.' 23) 또 로돌프 퇴퍼는 귀스타브 루에게 화답하듯 보행자에게 좋은 충고를 들려준다. '모든 초라한 침상이 폭신폭신하게 느껴질 정도로 피곤을 맛보고 시장기가 별 볼일 없는 자연의 음식에 달콤한 양념이 되어 줄 정도로 배를 곯아보는 것은 나쁘지 않다.' 24)

걷기는 사물들의 본래 의미와 가치를 새로이 일깨워주는 인식의 한 방식이며 세상만사의 제 맛을 되찾아 즐기기 위한 보람 있는 우회적 수단이다. 강철같이 혹독한 태양 아래 힌두쿠시산맥25)을 따라 나아가면서 시냇물을 마셔야 했던 에릭 뉴바이의 쓰디쓴 경험은 바로 그런 것이었다. '나는 내 일생 동안 마셔보았던 모든 신선한 음료수들을 다 그려보았다. 어린 시절에 마셨던 진저 비어, 거품이 이는 흑맥주, 워딩튼 생맥주, 마개를 따서 마실 때까지 시냇물에 시원하게 담가두는 뮈스카데 포도주, 핌스 맥주, 그리고 샴페인을 시원하게 냉각시키는 얼음통……' [26] 감각기관을 통한 여러 가지 지각들에서 반복적 습관을 닦아내버리면 지각은 세계의 새로운 사용법을 고안해낸다. 스티븐슨은 이렇게 쓴다. '그러나 최고의 순간을 만끽할 수 있는 때는 해가 지고 식사를 끝낸 다음이다. 하루 종일 걷고 난 다음에 빨아들이는 한 대의 파이프 담배에 비길 수 있는 담배맛은 없다……만약 당신이 한잔의 그로그[27]로 하루를 마감한다면 그것은 전에 한번도 맛보지 못한 그로그일 것이다. 한 모금 마실 때마다 느긋한 상쾌함이 사지에 퍼지다가 가슴속에 가만히 들어와 앉는다. 만약 당신이 한 권의 책을 읽는다면—아주 가끔씩밖에는 하지 않는 독서이지만—이상하게도 그 언어에 감흥과 조화가 가득하다는 것을 느낄 수 있을 것이다……. 그리하여 열정적인 보행이 그 어떤 것보다도 더 당신을 깨끗하게 정화시켜준 나머지 정신의 편협함과 모든 오만이 닦여나가고 오직 호기심만이 남아서 자유롭게 제 역할을 다하는 느낌이 드는 것이다.' [28] 세계의 감각적 두께를 재발견함으로써 우리는 하나의 왕도를 찾아낸 것이다. 그 왕도는 안락과 거리가 먼 불편함일 수도 있고 혹은 기쁨일 수도 있다. 걷기는 세계 속으로 빠져들어가는 방법론이며 스스로 거쳐온 자연을 자기 속으로 흡수하고 일상적인 인식 및 지각방식으로는 접근할 수 없는 세계와 접촉하는 한 수단이다. 차츰차츰 앞으로 나아가는 동안 보행자는 세계에 대한 그의 시야를 확대하고 자신의 몸을 새로운 조건들 속으로 던져넣는다.

짐

그리고 어깨에는 늘 무거운 짐이 짓누른다. 심지어 시간이 흘러감에 따라 경험상 불필요하다고 여겨지는 것은 다 버리는데도 그렇다. 가령 스티븐슨은 세벤지방의 길을 따라 돌아다닐 때 아쉽지만 우유를 받는 데 쓰는 빈통, 귀중하게 간직하고 있던 흰 빵, 먹다 남겨둔 찬 넓적다리 고기, 그리고 자신이 유난히 아꼈던 계란 젓는 기구를 버린다. 하루 종일 걷고 나서 더 이상 어깨에 걸린 그 어떤 짐도 감당할 수 없게 되면 마치 자신의 등에 돌을 가득 담은 자루가 매달려 있는 것만 같이 느껴지는 것이다. 얼마만큼의 짐을 지니고 갈 것인가 하는 문제는 오랫동안 여행자의 근심거리로 남는다. 필요한 물건들을 측정하는 데는 저마다 다른 정통한 연금술이 요구된다. 짐을 너무 무겁게 꾸리지 않도록 신중을 기하는 것이 마땅하지만 지나치게 인색한 짐을 꾸렸다가는 조만간 어느 순간에 가서 꼭 필요한 것이 수중에 없어 곤경에 빠질 위험이 있다. 여행의 안락은 짐을 잘 꾸리느냐 못 꾸리느냐에 달려 있다. 먹을 것, 세면도구, 갈아입을 옷가지, 잘 때 덮을 것, 책, 기록할 수첩 등등은 노련한 계산을 필요로 한다.

물론 각자에게는 저마다의 기벽이 있는 법. 어떤 사람은 많은 초콜릿판을 지니지 않고는 길을 떠나지 못하고 또 어떤 사람은 그런 것보다는 프루스트 전집이 필수라고 생각하고 제3의 인물은 저녁에 해가 저물어 잠자리를 구할 때 적어도 이미지 관리는 해야 하므로 정장 양복은 꼭 넣어 가지고 떠나야 한다고 굳게 믿는다. 자크 란즈만은 매우 거추장스럽긴 하지만 조그만 라디오 하나를 짐 속에 넣지 않으면 길을 떠나지 못한다고 고백한다. 왜냐하면 그는 이 세상 끝을 걸어갈 때도 프랑스에서 무슨 일이 일어나고 있는지 알지 못하면 견딜 수가 없는 것이다. P.리 퍼모의 짐은 상당히 가벼운 편이지만 그의 문화적 출신바탕을 여실히 드러내보인다. '두건 달린 낡은 외투, 두께가 다른 여러 벌의 저지 스웨터, 회색 플란넬셔츠 여러 벌, 다소 우아하게 차려입을 필요가 있을 때를 위한 아마포 셔츠 두 벌, 부드러운 가죽의 더스트코트, 징을 박은 두툼한 구두, 침낭, 여러 권의 스케치북, 지우개, 크레용이 가득 담긴 알루미늄 필통……. 그리고 오래된 옥스퍼드판 영시 사화집.'[29] 몇 달이 지난 뒤 그는, 여행을 시작한 지 얼마 되지 않아 가방을 도둑맞은 덕분에 무거

운 배낭 하나와 그 못지않게 묵직한 침낭과 그밖의 거추
장스런 도구들로부터 해방되었다면서 그 불상사를 전화
위복으로 여긴다. 이제부터 그 기나긴 여행을 끝내기 위
하여 그에게 남은 것은 '짙은 색 플란넬바지 하나, 좀더
밝고 가벼운 천의 바지 하나, 얇고 편리한 모직 저고리,
여러 개의 셔츠, 넥타이 두 개, 운동화, 많은 양말과 스웨
터, 파자마', 그리고 손수건, 나침판, 주머니칼, 양초, 성
냥, 파이프, 담배, 궐련, 현지의 여러 가지 물을 담을 납
작한 병 하나뿐이다. 오직 두건 달린 군용외투만이 진짜
귀찮은 짐이다. 여기서 보다시피 짐이 가뿐하다는 느낌
에도 불구하고 리 퍼모 역시 아직은 짐 없는 여행자와는
거리가 멀다. 세상과 멀리 떨어진 은거지에서 오랫동안
묵상에 잠겨 있다가 사이사이에 하이쿠를 지으면서 봉건
시대 일본땅을 편력하는 데 길이 든 바쇼 역시 짐이 별로
없는 여행자였지만 여행에 꼭 필요한 물건들만 챙기는
문제에 있어서는 권위자라고 하기 어렵다. '오직 몸뚱어
리 하나만 지니고' 다니기로 굳게 마음먹었지만 그래도
몇 가지 물건은 없으면 안 되었다. '짐이 너무 많으면 길
떠나는 데 거북할 것 같아 모든 것을 다 떨쳐버렸다. 그
렇지만 나는 밤에 잘 때 입을 종이옷(일종의 외투) 하나,
먹물과 붓, 종이, 약, 식량 담은 통을 보자기에 싸서 등에
진다. 그랬더니 내 시원찮은 두 다리와 힘없는 몸으로는

버티기가 어려워 금방이라도 뒤로 자빠질 지경이다.'[30]

짐은 인간을 말해준다. 짐은 물질적인 형상으로 나타난 인간의 분신과 같은 것이다. 그래서 공정한 관찰자는 짐을 보고 그 인간에게 가장 본질적인 것, 없어서는 안 되는 것이 무엇인지를 당장에 짐작할 수 있는 것이다. 짐은 어떤 심리학과 동시에 어떤 사회학을 구체화하여 보여준다. 그렇지만 훌륭한 용품도 두 다리가 그것을 감당할 능력을 갖추지 못하면 충분한 것이 못 된다. 그래서 로돌프 퇴퍼는 그의 아름다운 저서 『지그자그 여행』에서 궁극적으로 가장 중요한 것이 무엇인지를 꼬집어 말해준다. '여행을 할 때는 배낭 이외에 활기, 쾌활함, 용기, 그리고 즐거운 마음을 충분히 비축해 가지고 떠나는 것이 매우 좋다.'[31]

혼자서 아니면 여럿이?

루소에서 스티븐슨 혹은 소로에 이르기까지 많은 사람들은 혼자 걷기의 옹호자들이다. 혼자서 걷는 것은 명상, 자연스러움, 소요의 모색이다. 옆에 동반자가 있으면 이런 덕목들이 훼손되고, 말을 하지 않을 수 없게 되며, 의사소통의 의무를 지게 된다. 침묵은 혼자 떨어져 있는 보행자에게 없어서는 안 될 기본적 바탕이다. 루소는 자기만의 고독을 너무나 소중히 여긴다. '누가 내게 마차의 빈 자리를 권하거나 길을 가던 사람이 내게 가까이 올 때면 나는 걸으면서 이룩해온 큰 재산이 와르르 무너지는 것만 같아 눈살을 찌푸리는 것이었다.' [32] 스티븐슨은 대번에 보행자에게 왜 고독이 절대적으로 필요한 것인가에 대한 이론을 내놓는다. '도보로 산책하는 맛을 제대로 즐기려면 혼자여야 한다. 단체로, 심지어 둘이서 하는 산책은 이름뿐인 산책이 되고 만다. 그것은 산책이 아니라 오히려 피크닉에 속하는 것이다. 도보로 하는 산책은 반드시 혼자 해야 한다. 왜냐하면 자유가 그 내재적 속성이기 때문이고 마음내키는 대로 발걸음을 멈추거나 계속하여 가거나 이쪽으로 가거나 저쪽으로 저쪽으로 가거나 할 수 있어야 하기 때문이다. 왜냐하면 걷기 챔피언 옆에서 뛰다시피 따라 걷거나 데이트하는 처녀와 함께 느릿느릿 걷는 것이 아니라 자기 자신만의 보조를 유지해야 하기 때문이다.' [33]

빅토르 세갈렌은 어려웠던 어떤 여행에 대하여 결론을 내리는 가운데 불행했던 경험을 예로 들면서 스티븐슨과 마찬가지의 생각을 피력한다. '남다르고 각별한 경험을 하는 데는 자기만의 견고한 정체성이 필요불가결한 조건이다. 이러한 규칙에 수반되는 약간 의외의 귀결은 바로 혼자서 여행하는 편이 낫다는 사실이다. 둘이서 여행하게 되면 벌써 동일한 경험을 나누어 가지기 위하여 자신의 어느 한 몫을 포기하게 되며 그리하여 목표에 다가갈 위험이 있는 것이다. 이때 목표란 바로 세상에서 제일 친한 두 친구의 여행에서 얻는 결론, 즉 여행은 혼자서 하라는 교훈 바로 그것이다.'

소로는 처음부터 생각이 뚜렷하다. 그는 이렇게 쓴다. '확신하거니와, 내가 만약 산책의 동반자를 찾는다면 나는 자연과 하나가 되어 교감하는 어떤 내밀함을 포기하는 것이 된다. 그 결과 나의 산책은 분명 더 진부한 것이 되고 말 것이다. 사람들과 어울리고자 하는 취미는 자연을 멀리함을 뜻한다. 그렇게 되면 산책함으로써 얻게 되는 저 심오하고 신비한 그 무엇과는 작별인 것이다.' [34]

스티븐슨이 자주 인용하는 해즐리트 또한 그와 크게 다르지 않은 심정이다. '방 안에 있을 때는 나도 남과 어울려 지내는 것을 즐긴다. 그러나 일단 밖에 나서면 자연만으로 충분하다. 내가 혼자일 적만큼 덜 외로운 때는 없는 것이다. 나는 걸으면서 동시에 말을 하는 것이 지성의 증거라고 생각하지는 않는다. 나는 들판에 나가면 들처럼 식물이 되어 지내고 싶다.' [35] 그렇지만 특수한 곳으로의 보다 긴 여행의 경우라면 해즐리트도 동행을 싫어하지 않는다고 인정한다. '친구도 동반자도 없이 아라비아

William Notman, *Campfire Scene*, 1866

사막을 가면 거의 숨이 막히는 기분이 될 것이다. 아테네나 고대 로마의 장관을 보게 되면 자신의 느낌을 표현하지 않을 수 없다는 것을 인정해야 할 것이다. 피라미드들은 너무나도 기막힌 것이어서 그저 혼자서 바라보고만 있을 수는 없는 것이다.'[36] 폴 테루 역시 자신의 고독을 간직하는 쪽에 강한 애착을 보인다. '불청객들을 만나면 나는 걷는 것을 좋아한다고 말하곤 했다. 나는 혼자 여행하는 것밖에는 다른 선택이 없었다고 말하지는 않았다. 나는 노트를 했고 노트한 것을 종이에 옮기기 위하여 걸음을 멈추곤 했으니까 말이다. 나는 혼자일 때만 생각이 맑아지는 것이었다.'[37]

로리 리는 스페인 여행 중에 떠돌이 청년 로메로를 알게 된다. 그들은 함께 여행하는데 리는 곧 불평분자에다가 게으르고 수다스러운 이 젊은 동행에 싫증을 내게 된다. '그와 동행하여 다니는 것이 재미있었던 것은 약 사흘 동안이었다. 그 후 재미는 신속히 줄어들어 마침내는 분위기가 험악해져버렸다. 그 결과 이제 나는 자신이 노상의 유일한 왕, 내가 상상을 통해서 유난히 애착을 느껴온 저 위대하고 고독한 공원의 주인이라고 느낄 수가 없게 되었다. 나는 지칠 줄 모르는 고독의 맛을 즐기면서 한껏 오만해져 있었는데 옆에 로메로가 있어서 그 기분이 망쳐지는 것이었다.'[38]

그날 그 순간 이후 로메로는 줄곧 상당한 거리로 뒤쳐진 채 로리 리의 뒤를 쫓지만 그를 따라잡지 못한다. 로리 리는 자신의 태도에 대하여 가책을 느끼지만 그 동행이 너무나도 귀찮아졌기 때문에 그 젊은 떠돌이의 비명을 못 들은 척하고 끝내 결심을 굽히지 않는다. 마지막으로 한 번 더 소리쳐 불러보고 난 다음 로메로는 마침내 풍경에서 사라지고 로리 리는 거리낌없는 자유의 맛을 한껏 즐길 수 있게 된다.

자크 란즈만은 처음부터 자신의 색깔을 밝힘으로써 그 누구든 자기를 따라오겠다는 사람이 있다면 단념하라고 권한다. 흔히 떠날 때는 여러 사람이 함께 떠나는 것 같이 보이지만 그런 경우에도 사정은 마찬가지다. 그는 이렇게 예고한다. '길을 걸을 때 나는 견딜 수 없는 위인이다. 나 자신에게나 남들에게나 다같이 까다롭다. 떠날 때는 매번 친구들과 떠나지만 돌아올 때는 원수들과 돌아온 것이다. 어떤 사람과 열흘 동안 함께 걷는다는 것은 그와 십 년 동안 함께 사는 것이나 마찬가지다. 길을 걷다보면 그의 허물들뿐만 아니라 장점들까지도 퀵모션으로 행진하는 것이다. 나는 피곤도 실망도 다리를 저는 것도 용납하지 못한다. 같이 가는 사람이 뒤쳐져서 못 따라오는 것을 참지 못한다. 멈추어 서는 것도 기다리는 것도 못 참는다. 그들을 위해서도 할 수 없는 일이고 나를 위해서도 할 수 없는 일이다. 나를 좋아하는 사람이거든 나를 따르라.'[39] 자크 란즈만 자신만은 부디 기력이 다하지도 다리를 절게 되지도 않기를 바랄 뿐이다.

노르망디의 풍경 속을 걸어다니는 필립 들레름의 태도는 그와 전혀 다르다. 길에 대한 그의 저서 초입에서부터 그는 자신의 반려에게 경의를 표한다. 반려란 그의 글에 살을 붙여주는 사진작가인 그의 아내다. '십 년 동안이나 둘이서 한가로이 걷다니, 이건 또 다른 특혜. 자신이 사랑하는 여자와 같이 길의 침묵을 나누어 가지는 것이다. 나는 휘갈겨 메모를 했고 그녀는 사진을 찍었다. 이렇게 서로 교차한 두 시선으로부터 측대보(경마용어로 말의 같은 쪽 방향의 다리가 동시에 움직이는 현상)로 걷는 영상들과 말들이 생겨났다.'[40] 한편 퇴퍼는 단체여행의 있을 수 있는(그러나 늘 그런 것은 아니지만) 장점들 중 한 가지인 연대의식을 강조하여 지적한다. '여럿이 여행할 경우에는 사람들 사이에 활기가 돌고 다양한 대화, 교감, 그리고 특히 공동체 정신, 소집단 정신, 다시 말해서 상호협조, 솜씨의 집합, 어린이, 약한 사람, 다리를 저는 사람 등을 위하여 사전에 계획되거나 즉석에서 착안한 조직의 정신이 조성된다는 이점이 있다.'[41] 이야말로 자크 란즈만이 읽어보면 약이 될 말이다.

상처

랭보는『어린 시절』에서 이렇게 쓴다. '나는 나직한 난쟁이 숲을 지나 큰길로 나선 보행자. 수문에서 흘러나오는 물소리가 내 발소리를 덮는다. 나는 석양빛이 우울하게 세상을 황금빛으로 씻는 광경을 오래도록 바라본다.' 그는 열아홉 살에서 스물세 살까지 벨기에로, 영국으로, 독일로, 그리고 또 다른 나라들로 헤매고 다닌다. 그는 고향 샤를르빌에서 밀라노까지의 머나먼 여정을 거의 다 걸어서 간다. 그러나 성인이 된 훗날에는 그 자유로운 가출과 보행이 이해관계에 좌우되는 방황으로 변하고 거기에 따르는 피곤으로 인하여 너무나 힘든 고역이 되고 만다. '바람구두를 신은 사내'(베를렌), '대단한 보행자'(말라르메) 랭보는 자신의 두 무릎을 파고드는 암이 아프리카의 하라르[42]에서 너무나도 힘들게 걸어다녔기 때문에 생긴 것이라고 믿는다. 랭보 연구가인 알랭 보레르에 따르면 노새나 낙타들은 하라르에서 해안까지의 험한 코스를 일생 동안 딱 한 번 여행하면 결코 다시 돌아오지 못했다고 한다. 짐승들은 길을 가다가 죽거나 목적지에 도착하면 도축당했다. 그만큼 힘든 행로였다. 랭보는 이 코스를 도보로 열다섯 번 이상, 그것도 최악의 조건 속에서 왕래했다.[43] '한갓 보행자일 뿐 그 이상도 이하도 아니기를' 꿈꾸었던 그가 그의 시편들만 보고서는 결코 예상할 수 없는 세계 속에 발 들여놓았다가 견딜 수 없을 정도로 너무 많이 걸어다닌 끝에 한쪽 다리를 잃고 만다.

에누리 없이 걸어야 하는 노정에 요구되는 것은 오직 육체적인 노력뿐이고 보면 자연히 걷는 사람은 몸에 상처를 입기 쉽다. 상처 입을 곳은 허다하지만 특히 활력원인 발이 급소다. 선견지명이 없는 보행자는 여행을 떠날 때 새 신을 사 신는다. 시간에 쫓겨 상점 밖에서 시험적으로 신고 다녀볼 여유도 없다. 길이 들지 않은 고무나 가죽이 살갗에 닿아 이내 찰과상을 입거나 물집이 생기고 그 결과 기대했던 즐거움은 고난으로 변해버린다. 그리고 여정의 마디마다 발길을 멈추어 치료하는 것이 일이다. 19세기에 캄차카 반도까지 도보로 여행하는 코크란은 다행히도 좋은 길동무에게서 유익한 요령을 귀띔받게 되자 그 효험을 끊임없이 강조한다. '방법은 간단하다. 그저 잠자리에 들 때 촛불의 그을음을 알코올에 타서 그걸로 발을 문지르면 된다. 그러면 다음날 물집은 감쪽같이 사라져 버린다.'[44] 차츰차츰 구두가 발에 익숙해지거나 발이 구두에 익숙해진다. '처음에는 많이 쩔뚝거렸지만 굳은살이 단단해져서 이제는 오랫동안 걸어도 아프지 않았다.'[45]

젊은 카잔차키스는 이탈리아 전국을 누비며 걸어다니

는 동안 그 희열을 이길 수 없게 된 나머지 그같이 과도한 즐거움은 일종의 질식상태를 가져올 것이라고 판단하여, 장차 맞게 될지도 모르는 가상의 난관에 대비한 일종의 놀라운 유사요법을 활용하는 의미에서 어떤 고통스러운 완화제를 자신에게 써보기로 결심한다. '피렌체에서 나는 너무나도 행복한 기분이어서 그런 것은 인간이 누릴 수 있는 권리를 초과하는 것이니 어떻게 해서든 고통도 좀 맛볼 필요가 있다고 생각하게 되었다. 그래서 나는 발의 크기에 비해 너무 꼭 낀다 싶은 구두 한 켤레를 샀다. 그리고 아침나절에 그것을 신었는데 어찌나 발이 아픈지 더 이상 걸을 수가 없어 참새처럼 깡충깡충 뛰면서 걷는 형국이 되었다. 점심때가 되기까지 아침나절 줄곧 기분이 한심하기 짝이 없었다. 그러나 오후에 구두를 바꿔 신고 밖에 나가 산책을 하니 기분이 얼마나 좋아지는지! 발걸음이 가벼워 날아가는 것만 같았다.'[46]

크건 작건 상처를 입는 것은 보행자에게 다반사로 일어나는 일이다. 에릭 뉴바이는 『힌두쿠시 지방으로의 작은 여행』을 시작하자 곧 발에 피가 나는 것을 발견한다. 그는 쏟아지는 직사광선 속에서 아무것도 모른 채 세 시간 동안이나 걷고 난 뒤에야 그 사실을 알아차린 것이다. 어떻게 하여 그 지경이 되었는지 이해할 수가 없다. '구두가 꼭 끼는 것도 아니었다. 아니 오히려 내 발에는 좀 큰 편이었다. 실제로 문제는 구두가 약간 뾰족하게 생겼다는 데 있었다. 당시에 이탈리아에서 뾰족한 구두가 유행이라서 그랬는지 아니면 비탈진 길을 올라가기에 용이하도록 그렇게 만든 것인지는 잘 알 수 없는 일이었다. 그러나 뾰족한 구두 때문에 내 발이 지독하게 아프다는 것은 분명한 사실이었다.'[47] 여행이 끝날 때까지 아픈 발의 상처가 아물지 않을 것을 알면서도 뉴바이는 용감하게 여행을 계속한다. 그 자신이나 그의 길동무나 '기껏 술주정뱅이의 꿈속에서 여행했을 뿐인 그 엘리트 집단'에 가서 한몫 끼인다는 것은 한순간도 참을 수 없는 일이니까 말이다.[48] 사실 그의 책이 계속되느냐 않느냐 하는 것도 거기에 달린 일이었다. 그러나 그들의 고통이 그걸로 다 끝난 것은 아니었다. 머지않아 그들은 달랠 길 없는 설사를 만나, 안내인들이 나른한 눈길로 바라보는 가운데, 가는 길 이쪽저쪽의 남의 눈에 띄지 않는 적당한 곳을 끊임없이 찾아가 쭈그리고 앉지 않으면 안 되었으니 말이다.

사실 먼 길을 가는 데는 정신적 각오만으로는 충분하지 못하다. 그 각오가 좋은 신발과 순조로운 소화작용의 뒷받침을 받지 않으면 안 되는 것이다. 퇴퍼는 언제나 그렇듯 그 특유의 어조로 이렇게 말한다. '도보여행자에게는 신발이 전부다. 모자니 셔츠니 명예니 덕목이니 하는 것

은 모두 그 다음의 문제다.' [49] 아닌게아니라 빅토르 세갈
렌은 도보여행에서 생길 수 있는 난관에 대한 최고의 예
방책으로 샌들 찬양론을 편다. '발바닥과 몸무게 전체에
대해서 샌들은 지팡이가 손바닥과 허리의 균형을 위하여
해주는 것과 같은 보조역을 담당해준다. 그것은 평지를
걷는 보행자의 유일한 신발이다. 땅바닥과 무겁고 살아
숨쉬는 몸 사이에 가로놓인 샌들은 신발의 축약판이다.
샌들 덕분에 발은 괴로움을 면하면서도 동시에 땅바닥의
성질을 예민하게 감지한다. 다른 모든 신발과는 달리 샌
들 덕분에 발은 땅바닥 위로 넓게 펼쳐지면서 발가락들을
골고루 분산시킬 수 있게 된다. 엄지발가락은 따로 활동
하고 나머지 발가락들은 부챗살처럼 넓게 벌어진다.' [50]

잠

여러 시간 동안 걷고 난 다음에 허락되는 낮잠이나 밤
잠은 가히 축복이라 할 만하다. 피곤이 사지를 짓누르면
서 몸을 편안하게 내맡길 것을 권한다. 길을 가다가 아무
데서나 가리지 않고 자게 되면 밤중이나 새벽에 뜻밖의
변을 당하거나 지나가는 짐승들, 깨어났을 때의 불편이
나 경이로움과 마주치게 된다. 들판, 버려진 오막살이,

폐허로 변한 성, 동굴, 지하실, 해변, 오솔길 길섶 혹은 호텔, 은신처, 공사장 등 휴식할 장소들은 많고 다양하다. 모든 여행자가 다 그렇듯이 보행자는 안전하고 조용한 곳을 찾는다. 로리 리는 가정의 보호를 벗어난 그 새로운 환경을 맛보기 시작하는 첫날 밤의 감동을 이렇게 묘사한다. '나는 들판 한가운데 누워서 하늘에서 반짝이는 별들을 가만히 바라보았다. 그러자 세상의 포근한 공허와 내가 누워 있는 한 뼘 풀밭의 감미로움이 내 가슴을 짓누르는 것이었다. 이윽고 안개처럼 퍼진 밤이 나를 잠재워주었다. 처음으로 내게는 침대도 없었고 머리 위를 가려 주는 지붕도 없었다.' 그는 한밤중 이슬비에 잠이 깼다. '하늘이 캄캄했고 별들이 모두 사라지고 없었다. 암소 두 마리가 요란한 숨소리를 내면서 나를 물끄러미 바라보고 있었다. 그 순간에 느낀 두려움이 지금도 생생하다……. 그러나 해가 떠오르자 몸을 편안히 맡기고 있다는 그 느낌이 사라졌다. 새들이 지저귀기 시작했고 후끈한 열기가 느껴지는 풀에서 김이 피어올랐다.' [51]

잠자는 것은 미적 관조가 겹쳐진 하나의 육체적 쾌락이기도 하다. 한 밤 지붕 없는 곳에서의 잠은 또한 철학으로의 초대이며 자신의 존재의미에 대한 한가한 성찰에의 초대다. '어느 산허리에서 여명을 맞으며 잠이 깨어 그 어떤 말로도 표현할 수 없는 한 세계를 물끄러미 바라

Markéta Luskačová, *Sleeping Pilgrim*, 1968

본다는 것, 모든 추억들로부터 자유스러워 보이는 장소에서, 말없이, 그 어떤 구체적인 계획도 없이 시작으로부터 시작한다는 것, 바로 그것을 위해서 나는 이곳에 온 것이다.' 52)

모닥불과 한데서 잠자는 밤들의 추억은 가장 마음에 드는 호텔 방에서의 추억까지도 쉽사리 지워준다. P.리 퍼모는 중부유럽을 두루 걸어서 여행하는 동안 성관에서 유숙하는 경험과 건초더미 속, 들판, 혹은 도시의 벤치에서 맞이하는 밤들의 경험을 번갈아 가져보는 행운을 얻었다. '밀짚 더미에서 곧바로 닫집이 달린 화려한 침대로, 혹은 그 반대로 옮겨가보는 교차요법에는 유익한 면이 있다. 벽난로에서 타고 있는 장작과 밀랍이며 라벤더 향기가 은은하게 풍기는 가운데 아마포 시트를 따뜻하게 덮고 누워 있으면서도 나는 여러 시간 동안 잠을 이루지 못한 채 이제는 익숙해진 외양간, 헛간, 창고의 매력과 비교해보면서 그 모든 감미로운 맛을 즐기는 것이었다.' 53) 그러나 세월이 흐르는 동안 줄곧 애초의 낭만적 삶과는 거리가 먼 생활을 하는 리 퍼모는 회한에 사로잡힌다. '떠돌이나 순례자의 생활을 영위하고 구렁 속에서, 밀짚 가리에서 잠을 자며 그런 부류의 사람들과만 어울리며 지낼 것을 예상했던 내가 떠돌이 노숙자들과 담배를 나누어 피우기는커녕 성관에서 성관으로 전전하며 지체 높은 대공들과 더불어 크리스털 술잔에 담긴 토카이 포도주를 홀짝거리고 일 미터나 되는 긴 파이프로 담배연기를 내뿜는 것이었다.'[54] 그렇다고 해서 그가 그 편리한 생활을 포기하는 것도 아니다. 그럴 리가 없다. 영구히 거기에 안주하지는 않을 뿐이다.

아주 오래 전 처음 이탈리아로 여행을 갔을 때의 일 중에서 나는 특히 어떤 건축 중인 건물의 벽을 타고 기어올라가서 콘크리트 바닥에서 험한 밤을 보냈던 일을 잊지 않고 기억한다. 당시 내 주머니 사정은 그보다 나은 숙박조건을 허용하지 않았던 것이다. 더군다나 이른 아침에 작업을 하러 오는 일꾼들과 마주치게 될까봐 이른 새벽부터 일어나지 않으면 안 되었다. 오두막이나 대피소 같은 임시변통의 잠자리는 오래 전부터 그곳에 들어 살거나 혹시 먹을 것이 있나 하여 찾아오는 쥐나 그밖의 작은 동물들 때문에 여간 시끄러운 것이 아니다. 이들 때문에 여행자는 안심을 못한 채 불면에 시달리기 쉽다. 풀밭에 등을 깔고 눕거나 큰 나무가 우거진 숲속에서 침낭을 펴고 그 속에 들어가서 쪼그리고 있는 여행자라고 해서 더 편한 것은 아니다. 덤불 숲속에서 뭔지 정체를 알 수 없는 것이 부스럭거리는 소리를 내거나 바로 옆에서 나뭇가지들이 삐걱대는 것이다. 아예 습관이 되었다면 모르겠지만 그렇지 않으면 몇 번이고 깜짝깜짝 놀라 깨어서 두려움을 억누르지 않으면 안 된다. 이 방면에는 내게도 여러 가지 추억이 있다. 일반적으로 그런 장소에 어김없이 출몰하는 모기 떼들 때문에 편히 쉬기가 어렵다. 스티 븐슨은 자신이 직접 만든 침낭 속에 들어가서 잔다. '그건 물이 새지 않는 녹색 방수포로 만든 긴 자루 혹은 순대처럼 생긴 침낭으로 안에는 청색 양털을 댄 것이었다. 가방 대용으로 써도 편리했고 침구로서도 따뜻하고 뽀송 뽀송해서 좋았다. 그 속에 들어가서 혼자 잘 때는 마음대로 돌아누울 수 있는 사치를 누렸고 필요할 경우에는 둘이서 사용할 수도 있었다. 나는 그 속에 들어가 목까지 푹 파묻히곤 했다. 거센 비가 쏟아질 때면 나는 내 방수 외투와 돌덩어리 세 개와 굽힌 나뭇가지 하나로 작은 텐트를 조립하기도 했다.' [55]

바쇼는 그만한 행운을 누리지 못했다. 그는 특히 어느 끔찍했던 밤에 대하여 말한다. 그런데 그날 저녁은 따뜻한 온천을 만나 아주 감미로운 목욕을 하는 것으로 시작된다. '잠잘 곳으로 구한 것은 어떤 형편없는 오막살이였다. 나는 맨바닥에 요를 깔았다. 등불마저 없는지라 모닥불 빛으로 간신히 자리를 폈다. 해가 지자 천둥소리가 으르렁거렸고 비가 거세게 쏟아지면서 새어나온 빗방울이 내가 누워 있는 자리 위로 떨어졌다. 벼룩과 모기들 등쌀에 잠을 잘 수가 없었다. 마침내 지병이 도지게 된 나는

정신을 잃을 지경이 되었다.'[56)]

E.어베이는 어떤 계곡 속으로 모험을 각오하고 들어갔다가 소나기를 만난 데다가 해까지 저물어 오도가도 못하게 된 나머지 바위 밑의 별로 깊지 않은 굴 속에서 잠을 잘 수밖에 없게 된다. 그곳에는 앞서 다녀간 수많은 짐승들의 배설물 마른 것들이 널려 있다. 그는 불을 피우고 비가 그치기를 기다리지만 소용이 없다. '나는 코요테의 소굴에 누워서 한쪽 팔에 베개 삼아 머리를 얹고 기나긴 밤 동안 습기와 추위와 과로와 배고픔에 시달렸다. 나는 말할 수 없이 불행했다. 그리고 폐쇄공포증을 동반한 악몽을 꾸었다. 그러나 그것은 내 생애에서 가장 행복한 밤들 중의 하나였다.'[57)]

아토스산[58)] 속을 걷다가 그 엄숙한 장소의 분위기와 그 신앙심에 압도당한 나머지 여러 주일 동안 그곳에 머물었던 자크 라카리에르는 자신이 체류했던 수도원 안의 다른 곳과 멀찍이 떨어진 작은 방에서 느낀 두려움을 이렇게 털어놓는다. 그는 유령들이 수선을 떨어대는 곳말고 좀 편안하게 밤을 지낼 수 있도록 귀신 나오지 않는 조용한 방을 달라고 늘 수도원의 담당 신부님에게 부탁하는 습관이 있었다.[59)]

상황에 따라, 계절에 따라, 잠을 깨우는 것은 개 짖는 소리일 수도 있고 오솔길 모퉁이에서 보행자를 알아보게 되기 전까지는 마음놓고 고함을 질러가며 암소 떼나 양 떼를 몰아대는 농부일 수도 있고, 이른 아침에 떠들썩하게 공사장에 출근하는 일꾼들일 수도 있다. 어느 날 그리스의 바닷가 모래밭에서 곤히 잠든 여행자를 깨우는 것은 고기잡이 배의 선체를 싸악싸악 규칙적으로 붓질하는 소리다. 그 떠돌이는 고기잡이 배의 주인이 이른 새벽부터 나타나서 자기 배를 새롭게 단장하려고 니스 칠을 해댈 줄은 꿈에도 예측하지 못했던 것이다. 또 어떤 날은 가까운 농가의 수탉들이 요란하게 울어대며 잠을 깨우고, 어떤 농부가 주위에 아무도 없는 줄 알고 일어나는 길로 요란스럽게 발성연습을 해대면서 남의 선잠을 깨운다. 호두나무 가지에서 서로 쫓고 쫓기며 수선을 피우는 새 떼들. 국경 근처에서 잠이 들었다가 첫새벽에 놀라 깨어보면 서투른 밀수꾼쯤으로 오인하고 달려드는 세관 관리와 맞닥뜨린다. 해가 중천에 떠오른 것도 모른 채 늦잠을 자고 있는 나그네를 발견하고 왁자하게 웃어대는 동네 조무래기들의 웃음소리. 더욱 씁쓸한 것은 지나가는 자동차 소음, 들판으로 시끄러운 음악을 쏟아내는 카라디오 소리, 숲속에서 작업을 시작하는 벌목꾼들의 요란한 전기톱 소리에 잠이 깰 때다. 반면에 아직 졸음기가 가시지 않은 늦은 시각, 여행자의 귓전에 느릿느릿하게 울려오는 교회의 종소리는 향수에 젖은 듯 더욱 감미롭다. 이슬에 함뿍 젖어 깨어날 때도 있고 꿈과 모기 떼 가득한 밤, 얼음같이 차디차거나 후텁지근한 밤으로부터 깨어나는 아침도 있고 인적 없는 장소에서 불안감을 더하는 영문 모를 소음, 가까이 다가오는 사람 목소리, 어둠 속 멀리서 울리는 총소리 때문에 두려움에 떨다가 깨어나는 경우도 있다. 그리고 달 없는 밤도 있고 어둠 없는 달밤도 있다.

침묵

걷는다는 것은 침묵을 횡단하는 것이며 주위에서 울려오는 소리들을 음미하고 즐기는 것이다. 고속도로변의 난간을 따라, 혹은 국도변을 따라 거닐면서 가공할 기분 전환을 시도하는 사람이 있다면 우리는 결코 그의 정신 상태를 이해하지 못할 것이다. 걷는 사람은 무엇보다도 자동차의 소음과 꽝꽝대는 카라디오의 시끄러운 소리에서 벗어나기 위하여 세상 밖으로 외출한 것이다. 그는 세계의 소리에 귀를 기울인다. 소로는 이렇게 쓰고 있다. '대기 속에는 바람에 울리는 자명금 같은 미묘한 음악이 가득하다. 허공의 저 높은 곳을 덮고 있는 아득한 궁륭 밑에서는 선율이 아름다운 피리 소리가 울린다. 하늘 높은 곳으로부터 우리들의 귓가로 와서 스러지는 음악이다. 마치 대자연에도 어떤 성격이 있고 지능이 있다는 듯 소리 하나하나가 깊은 명상을 통해서 생겨나는 것 같다. 내 가슴은 나무들 속에서 수런거리는 바람 소리에 전율한다. 어제까지만 해도 지리멸렬한 삶에 지쳐 있던 내가 돌연 그 소리들을 통해서 내 힘과 정신성을 발견하는 것이다.' [60] 여러 가지 소리들이 침묵의 한가운데로 흐르지만 그 침묵의 배열과 질서를 어지럽히지 않는다. 오히려 때로는 그 소리들이 침묵의 존재를 드러내주고 처음에는 알아차리지 못했던 어떤 장소의 청각적 질감에 주의를 기울이게 만들어 준다. 침묵은 감각의 한 양식이며 개인을 사로잡는 어떤 감정이다. [61]

세상의 여러 가지 희미한 소리들은 시간과 날과 계절에 따라 그 음조가 달라질 뿐 그치지 않는다. 어떤 장소들에서는 그래도 침묵이 다가오고 있음을 감지할 수 있다. 돌들 사이로 길을 내며 흐르는 샘물소리, 한밤의 어둠을 가르는 올빼미 울음소리, 연못의 수면 위로 잉어가 펄쩍 뛰어오르는 소리, 발 밑에 뽀드득 뽀드득 눈 밟히는 소리, 햇빛을 받아 솔방울 터지는 소리는 침묵에 밀도를 부여한다. 쉽게 분간하기 어려운 이런 현상들 덕분에 그 장소에서 발산되는 고즈넉함의 감정이 더욱 구체화된다. 이와 같은 침묵의 창조는 어떤 결함에 의한 것이 아니다.

왜냐하면 그 침묵 속에는 이 세계의 정경을 가리는 그 어떤 잡음도 없기 때문이다. 바슐라르는 말한다. '우리들의 영혼은 침묵의 소리를 잘 듣기 위하여 소리를 내지 않으려고 입을 다무는 그 무엇인가를 필요로 하는 것 같다.'[62]

침묵은 어떤 장소의 서명인 양 메아리치는 울림이다. 그것은 거의 손에 만져질 듯한 실체로 장소와 공간 속에 깃들여 존재하면서 끊임없이 우리의 주의를 강요한다. 알베르 카뮈는 고대도시의 폐허인 제밀라의 돌들 사이를 거닐면서 그 절묘한 침묵을 이렇게 묘사한다. '우선 말해 두어야 할 것인즉 그곳에는 무겁고 틈새 하나 없는 거대한 침묵—어떤 저울의 균형과도 같은 그 무엇이 지배하고 있더라는 사실이다. 새들의 비명, 구멍이 세 개 뚫린 피리의 고즈넉한 가락, 염소들이 바스락거리며 발을 옮겨 놓는 소리, 하늘에서 울려 오는 어렴풋한 소음, 그 하나하나가 다 그 장소의 침묵과 황폐함을 만들어내는 소리들이었다. 이따금 무언가 메마르게 탁 부딪치는 소리, 날카로운 비명이 들리곤 하는데 그것은 바로 돌들 사이에 가만히 엎드려 있던 어떤 새 한 마리가 문득 날아오르는 기척이었다.'[63]

그 침묵은 또한 풍경을 짓누르며 타오르는 태양에서 생겨나는 무거운 납의 덮개이기도 하다. 로리 리는 이렇게 쓴다. '가느다란 미풍 대신 대기 속에서 전율하는 듯한 열기에 떠들려 올라온 두껍고 고요한 먼지는 내 샌들 속으로 미끄러져 들어오고 내 입술과 눈썹에 서리같이 달라붙고 길가의 후끈해진 술잔 같은 개양귀비꽃 속으로 하얀 눈의 신기루인 양 떨어져내리고 있었다. 메마르게 떨리는 밀밭의 밀 이삭들밖에 내 주위는 오로지 침묵과 눈먼 혼미뿐이었다.' [64]

침묵을 만들어내는 것은 소리의 사라짐이 아니라 귀를 기울이는 자질, 공간에 생명을 부여하는 존재의 가벼운 맥박이다. '마을들을 떠나 숲이 가까워지면 나는 '침묵'의 개들이 달을 보고 짖는 소리를 들으려고, 사냥감이 다니는 길로 그 개들이 나와 있는지 어떤지를 보려고 이따금씩 귀를 기울인다. 달의 여신, 사냥의 여신인 다이애나가 밤 속에 있지 않다면 밤이란 무엇이겠는가? 나는 여신 다이애나의 소리에 귀를 기울인다. 침묵이 메아리친다. 음악이 된 침묵에 나는 황홀해진다. 귀에 들리는 침묵의 밤! 나는 들리지 않는 것을 듣는다.' [65]

도회지 사람들의 소란스러운 삶과 반대로 침묵은 소리의 부재로, 발전된 기술문명이 아직 남겨놓은 지평으로, 현대가 흡수하지 않은 미개간의 땅으로 여겨지기도 하고 혹은 그 반대로 현대인이 고요의 보호지구로서 일부러 책정해놓은 특수지역이라고 간주되기도 한다. 세계는 오늘의 사회들이 개발한 기술적 도구들로 쉬지 않고 메아리친다. 개인과 집단의 삶은 그 도구들을 사용하면서 영위되는 것이다. 현대의 도래는 소음의 등장을 뜻한다. 어디선가 항상 휴대전화기가 울려댄다. 우리 사회가 경험할 수 있는 유일한 침묵은 기계의 고장, 기능저하, 트랜스미션의 정지로 인한 잠정적인 침묵이다. 그것은 내면성의 출현이라고 하기보다 기술의 조업 중지상태에 불과하다. 가끔씩 계속되던 소리가 정지하고 물 펌프나 자동차의 모터가 잠시 서기만 해도 침묵이 바싹 가까이 다가들면서 물질적인 동시에 금방이라도 증발할 것 같은 그 감각적 실체가 느껴지는 것이다.

대낮의 뜨거운 열기 속에서 E.어베이는 유타주 자연공원의 접근이 어려운 지역인 레인보 브리지를 향하여 걸어간다. 가다가 지친 그는 앞으로 불쑥 나온 벼랑길의 그늘에서 잠시 발걸음을 멈추고 수통의 물로 목을 축인다. 그는 계곡의 침묵에 귀를 기울인다. 그 절대적인 고요를 흔들어줄 바람 한 점 없고 움직이는 짐승 하나, 지저귀는 새 한 마리 없고, 심지어 그가 오랫동안 따라왔던 시냇물의 규칙적이고 시원한 소리마저 들리지 않는다. '나는 오로지 침묵 속에서만 잠시 근원적인 사막의 존재 앞에서 많은 사람들이 느끼는 두려움과 무의식적 공포를 이해한다. 그 공포 때문에 사람들은 자신들이 이해하지 못하는 것을 길들이고 변화시키거나 혹은 파괴하는 경향을 보이고 야생적이고 전(前) 인간적인 것을 인간적인 차원으로 환원시키려고 노력하는 것이다. 전 인간적인 세계, 다시 말해서 위험이나 적의에 의해서가 아니라 그보다 더한 그 무엇, 즉 완강한 무관심에 의해서 우리를 섬뜩하게 하는 저 다른 세계와 직접 대면하는 일은 무슨 수를 써서라도 피하려는 것이다.'[66]

델포지방을 걸어가면서 P.마티센과 그의 동행은 자신들이 그 지역에 도착한 이래 줄곧 느낄 수 있는 것은 오직 침묵뿐이었다는 사실을 문득 깨닫는다. '9월 이후 우리는 아주 멀리서 들리는 단 한 번의 모터 소리도 듣지 못했다는 걸 아세요? 하고 G.S.가 내게 말한다. 정말 그렇다. 이 해묵은 산속으로는 비행기 한 대 지나간 적이 없다. 우리는 어떤 다른 세기 속으로 발 들여놓는 모험을 감행한 것이다.'[67] 그러니까 침묵은 기술 이전의 어떤 경험, 모터도 자동차도 비행기도 없는 어떤 세계, 즉 다른 시간의 고고학적 유적을 가리켜 보인다고 할 수 있다. 이렇게 되면 뒤로 돌아가는 느린 발걸음은 어렵고 씁쓸하다. 왜냐하면 그것은 몇 달 동안 내적 평화를 경험하고 나서 소음을 향해서 나아가는 길이니까 말이다. '오늘 오후 베리 언덕을 따라 걸어가면서 나는 선과 침묵으로 일주일을 지낸 다음이므로 갑자기 말을 너무 많이 하거나 너무 많이 움직이지 않는 것이 중요하다는 것을 상기했다……. 너무 급격한 심리적 파열을 방지하려면 그 번데 기 상태로부터 아주 점진적으로 빠져나와서 한 마리 나 비처럼 아직 축축한 날개를 고요의 볕에 말리는 것이 지 극히 중요한 것이다.'[68] 환경은 단순히 인간이 눈으로 보는 것뿐만 아니라 귀로 듣는 것으로도 이루어지는 것이 다. 침묵이 지배하는 어떤 분위기는 세계 속에 아주 특별한 하나의 차원을 열어놓는다. 여러 달 동안 절대적인 침 묵 속에(가끔 개가 끝없이 짖어대는 일도 있다. 하지만 그런 것은 예외에 속한다) 푹 빠져 지내고 나면 서두르지 말고 천천히 골짜기를 향해 걸어가면서, 시간을 채근하기 보다는 그 시간에 몸을 맡기고 실려가는 것이 아주 중요 하다. 심해의 잠수부처럼 아직 침묵 속에 잠겨 있는 여행 자는 수면 위에서 기다리고 있는 사회생활의 소란과 정면 으로 충돌하지 않기 위하여 점진적 단계적으로 떠오른다.

이렇게 되면 침묵을 추구한다는 것은 정신을 집중시키 고 분위기 속에 자신을 용하도록 이끌어주는 어떤 고즈 넉한 세계의 모색이라고 할 수 있다. 도보 여행자는 그 정일함을 즐기기 위하여 샛길로 접어든다. 침묵은 어떤 정신적 광맥과도 같은 것으로 소음은 치명적인 적이다. 침묵은 감각의 한 양식을 표현한다. 침묵은 개인이 귀로 듣는 것의 해석방식이며 또한 세계와의 재접촉을 위하여 자아로 되돌아오는 길이다. 그러나 때로는 상투성이나

Willam Henry Fox Talbot, *Oak Tree*, mid-1840's

도회의 소란을 멀리하여 스스로 그 침묵을 추구하려는 노력, 그 침묵을 찾아내려는 노력이 요구된다.

어떤 풍경의 아름다움과 관련된 침묵은 자아에로 인도하는 길이다. 문득 시간이 정지하는 그 순간에 하나의 통로가 열리면서 인간에게 자신의 자리를 되찾고 평화를 얻을 수 있는 가능성이 주어진다. 그 기회에 우리는 세상의 소란과 일상의 근심걱정으로 되돌아가기에 앞서 감각과 내적 힘을 축적한다. 들이나 수도원, 사막이나 숲, 혹은 그저 평범한 정원이나 공원의 도움으로 삶의 서로 다른 순간들에 음미할 수 있었던 침묵의 순간들은 도시문명 속으로 빠져들어가면서 온갖 소음에 시달리기 이전에 누리는 원천회귀의 기회요 휴식의 시간처럼 느껴진다. 그때의 침묵은 우리가 존재하고 있다는 느낌을 실감케 한다. 그 침묵은 지금이 껍질을 벗는 한순간임을 말해준다. 그 껍질 벗음을 통해서 우리는 현상을 명확히 깨달을 수 있게 되고 방향을 잡을 수 있게 되며 내적 통일을 기하여 어려운 결단의 한 발자국을 내딛을 수 있게 된다.

침묵은 인간의 마음속에 돋아난 쓸데없는 곁가지들을 쳐내고 그를 다시 자유로운 상태로 되돌려놓아 운신의 폭을 넓혀준다. 그리하여 그가 몸부림치고 있는 일터를 말끔히 청소해놓는 것이다. 주의 깊은 보행자는 침착하게 귀를 기울이면서 자신을 에워싸고 있는 여러 가지 서로 다른 동심원들 속으로 천천히 입장한다. 그는 매순간 침묵의 두께 속에 가득히 깃들여 있는 서로 다른 소리들의 세계에 접근한다. 그는 어떤 새로운 감각을 발견해내는 것이다. 청각의 심도가 깊어진다는 것이 아니라 침묵의 지각과 관련된 센스가 생긴다는 뜻이다. 충분할 만큼 예민한 청각을 갖춘 사람이라면 풀이 자라고 나무의 우듬지에서 잎이 펼쳐지고 머루가 익고 수액이 천천히 올라오는 소리를 듣는다. 그는 흔히 소음과 분주함에 가려져서 느끼지 못했던 시간의 떨림을 다시 감지하기 시작한다. 침묵은 계절을 탄다. 우리 고장에서는 일월의 눈에 덮인 들판 속의 침묵이 다르고 팔월 뜨거운 햇빛에 겨워 꽃과 잎이 폭발하고 벌레들이 울어대는 한여름의 침묵이 또한 다르다. 같은 풍경 속에서도 침묵은 날마다 제각기 다른 결을 보인다.

세상에는 낯선 소리나 수다스런 말이 감히 범접할 수 없는 장소들이 있다. 그런 곳에서는 사람의 개입과는 도저히 맞지 않는 어떤 위태로운 균형이 유지되고 있어서 그 균형을 깨뜨리지 않으려고 사람들은 아주 천천히 그리고 아주 조심스럽게 걷는다. 그곳에 어울리는 것은 오로지 명상뿐이다. 숲이나 사막이나 산 혹은 바다에서는 때로 침묵이 너무나 속속들이 스며들어 있어서 다른 감각들은 상대적으로 시효가 끝났거나 무용한 것같이 느껴진다. 언어는 무력해져서 그 순간의 위력과 그 장소의 경건함을 표현하지 못한다. 카잔차키스는 아토스 산중에서 어떤 친구와 함께 카리에스로 인도하는 포도를 걷는다. '우리는 무슨 거대한 교회 안으로 들어온 것만 같았다. 바다, 밤나무 숲, 산, 그리고 저 위에는 열린 하늘이 마치 궁륭처럼 펼쳐져 있는 것이었다. 나는 부담스럽게 느껴지기 시작하는 침묵을 깨뜨려보려고 친구를 돌아보며 말했다. ─왜 아무 말도 없는 거야? 그러자 친구는 내 어깨를 가볍게 짚으면서 대답했다. ─말하고 있잖아. 천사들의 언어인 침묵으로 말하고 있을 뿐이지. 그리고는 갑자기 성이 난 듯 이렇게 내뱉었다. ─무슨 말을 했으면 좋겠어? 야 정말 아름답구나 하고? 마음에 날개가 돋아나서 날아가고 싶어졌다고? 이제 천국으로 가는 길로 들어섰다고? 말, 그리고 또 말! 입을 다물어야지.'[69]

함께 나누는 침묵은 의기투합의 징표로서 공간의 고즈넉함 속으로 빠져드는 시간을 연장시켜준다. 언어는 하나가 되었던 사람들을 서로 갈라놓는다. 침묵은 그 갈라짐을 막아보지만 결정적인 성공은 불가능하다. 정신집중의 노력은 말에 부딪쳐 깨어져 버린다. 주의력을 일깨우는 것이 말이므로 그 때문에 정신이 흩어져버리기 때문이다. 그래서 대화는 우리를 풍경으로부터 떼어낸다. 대화는 장소의 정령에 대한 배반인 동시에 사회규범을 만

족시키는 수단이며 자신만의 황홀한 격리상태에서 빠져
나와 안도감을 느끼는 한 방식이다.[70]

그때 감동은 판에 박힌 말로 표현되지만 사실 그 순간
그 말과 더불어 진정한 감동은 사라져버린다. 우주와의
합일되는 느낌, 일체의 경계가 사라지는 듯한 감정은 깊
은 내면의 어떤 성스러움과 관련이 있는 것인데 그 성스
러움은 수다스러운 것을 두려워한다. 더할 수 없이 약한
시간의 꽃병을 깨지 않으려면 입을 다물어야 한다.

노래 부르기

많은 보행자들이 좀 적적하거나 안심이 될 때면 뜨내
기들이 부르는 옛 노래나 기억나는 유행가를 부른다. E.
어베이는 전부터 늘 가보고 싶어했던 어떤 장소에 고생
스럽게 다다르자 소리 높여 기쁨의 찬가를 부른다. 장 클
로드 부를레스와 그의 동행은 시를 읊는다.[71] 그들은 발
걸음을 옮기면서 서로 서로 기억을 더듬어 아폴리네르나
르네 기 카두의 시를 마음속에서 복원시킨다. 시나 노래
는 험한 길의 어려움을 덜어주고 거쳐간 공간과의 친화
력을 새롭게 한다. 다른 사람들을 향하여, 혹은 어떤 풍
경이나 나무들이나 암소 떼들을 향하여 노래를 부르는

Richard Avedon, *Marian Anderson, New York*, 1955

것은 사회적 행위다. 그것은 서로의 관계를 기리는 일이며 동시에 그곳에 존재함을 기리는 일이다. 옛날의 순례자들은 혼자, 혹은 무리를 지어서 콤포스텔라나 로마를 향해 가는 길에서 자기들 고향의 발라드나 성가를 부르면서 서로를 정신적으로 격려하고 타향의 외로움을 달랬다. 노래는 보행의 도반이요 마음의 균형추다. 뜨내기는 주제넘은 남의 시선으로부터 멀리 떨어져 혼자, 혹은 친구들과 함께, 관습으로부터 해방된다. 그는 체면이나 난처한 평판 따위를 두려워하지 않아도 되므로 한껏 자유롭게 공상의 날개를 편다. 낯모르는 사람, 그저 지나가는 사람이 된다는 것은 곧 항상 점잖은 인상을 주어야 한다는 붙박이의 중압에서 벗어나는 것을 의미한다.

적어도 따로 떨어져서 걷다보면 문득 갑작스런 생각에도 사로잡히고 경박하고 엉뚱한 짓도 하게 된다. 혼자뿐인 보행자는 오솔길을 걸어가는 동안 방심한 나머지 좀 외설스런 유행가를 큰 소리로 불러제끼며 익살을 부리기도 하는데 여기에는 항상 또 다른 고독한 산책자나 조용히 집으로 돌아가는 농부와 마주쳐서 아주 바보 같은 꼴이 될 위험이 따른다. 스티븐슨이 소개하는 도보여행자의 경우가 그렇다. 그는 '붉은 턱수염이 더부룩하게 난 어른인데도 어린애처럼 깡충깡충 뛰면서 장난을 치고 가다가 그만 정신병원에서 도망 나온 미치광이 같은 꼴이 되어 발걸음을 딱 멈추었다. 내가 만약 숱한 유식하고 엄숙한 사람들이 혼자서 산책을 하는 동안 잘 부르지도 못하는 노래를 불러대다가 길모퉁이에서 뜻하지 않은 농부와 마주쳐 얼굴이 귀까지 빨개진 경험이 있다고 털어놓았다고 한다면 여러분들도 몹시 놀랄 것이다.' [72]

걷는 것을 누구보다 좋아했던 젊은 장 자크 루소는 『고백록』에서 즐거웠던 한순간에 대하여 이렇게 말한다. 귀뚜라미 노랫소리를 들으며 야외에서 감미로운 하룻밤을 보내고 난 다음 참을 수 없는 시장기를 느끼며 그는 도시를 향하여 걸어간다. 머릿속에는 수중에 남은 몇 푼 안되는 돈이지만 어디 가서 푸짐한 점심식사를 해야겠다는 꿈이 가득하다. 길에는 자기 혼자뿐인지라 그는 바티스탱의 짧은 가곡 하나를 부르기 시작한다. '한창 신이 나서 노래를 부르며 걸어가는데 등뒤에서 누군가의 목소리가 들린다. 뒤를 돌아보니 어떤 낯모를 사람이 따라오면서 내 노래에 귀를 기울이며 즐기는 눈치였다. 그가 내게 다가와 인사를 건넨 다음 내가 음악에 대하여 좀 아는 것이 있는지 묻는다. 나는 들으라는 듯이 아는 것이 많다고 대답한다.' [73] 그리하여 루소는 마침내 여러 날 동안 그곳에 머물며 악보를 베끼는 일을 맡아 하게 된다. P. 리 퍼모의 중부유럽 여행은 노래로 점철되어 있다. 때로는 독일의 카바레에서 부르는 나치스 노래, 혹은 헝가리나 루마니아의 유행가들이다. 그의 글을 읽노라면 사람들이 끊임없이 노래를 부르고 있어서 노래의 문화가 그 시대 사람들의 일상생활의 중심을 차지한다는 인상을 받는다. 어떤 나그네들에게 노래는 소리나는 지팡이요, 앞으로 나아가기 위한 촉진제인 동시에 그 장소의 정령에 대한 친근감과 찬미의 표시다.

움직이지 않고 오래 걷기

때때로 어떤 보행은 오직 시간만이 목적지일 뿐인 끝이 없는 걸음의 연속일 수 있다. 한 장님이 원을 그리며 순환하는 길을 끝없이 따라서 걷는다. 그 길에는 장애물이 없다는 것을 그는 알고 있다. 그는 자신의 두 다리를 잊어버리고 싶지 않다. 그는 세계를 기억하고 싶고 냄새와 바람결을 기억하고 싶다. 그러면서도 감히 자신의 습관의 궤도 밖으로 나서는 모험은 하지 못한다. 끝없이 걷기만 할 뿐 어디에도 이르지 못한다는 것, 시간이 흐르고 있다는 사실을 잊어버리기 위하여, 죽음(결국 모든 걸음의 종착점인)을 향해서 느릿느릿 다가가고 있음을 잊어버리기 위하여 걷는다는 것. 잡초들이 자욱하게 웃자란 정원 안에 오솔길 하나가 천천히 만들어진다. 수많은 나

Carleton E. Watkins, *Columbia River, oregon,* 1867

그네들이 밟고 지나간 길만 같아 보인다. 그만큼 발자국이 낸 길이 깊게 파여 가는 것이다. 또 다른 곳에서는 감옥에 갇힌 수인들이 골똘하게 계산을 해가면서 감방 안을 끝없이 거닐고 있다. 자신들의 보폭을 측정해보고 나서 그들은 상상 속에서 자신들이 실제로 걸어나간 코스의 지도를 그려본다. 오늘 그들은 여섯 시간을 걸었으니 30여 킬로미터를 여행한 셈이다. 예를 들어서 그들은 루아르강을 따라 르망에서 루에로, 투르에서 소뮈르로, 혹은 피렌체에서 피에졸레 언덕으로 오래 걸어갔던 것이다. 그들이 자신들의 감방을 벗어나지 않은 채 세계일주를 하려면 얼마만큼의 시간이 걸릴 것인가? 아마도 몇 년이 걸릴 것이다. 그렇게 세계일주가 끝나면 여정에 변화를 주기 위하여 이번에는 반대 방향으로 여행을 다시 시작하여 또 사막을 건너고 고개를 넘고 바다를 끼고 걷고 길을 잃지 않도록 주의하며 숲을 통과해야 할 것이고 여러 가지 계절을 잘 기억해가면서 산에 눈이 내릴 때면 추위에 떠는 것도 잊지 말아야 할 터이고 대서양 연안에 아름다운 계절이 돌아오면 신나는 수영을 즐기는 것도 빼놓아서는 안 될 것이다.

자비에르 드 메스트르는 피에몬테군의 젊은 장교로서 상부의 명령을 어기고 결투를 한다. 그리하여 그는 사십여 일 동안 자기의 방 안에 연금당한다. 그러자 그는 연금 장소를 탐험과 명상의 장으로 탈바꿈시켜 가지고 그 장소에서 장기간에 걸친 미시적 여행을 시작한다. 시샘하는 사람들을 피하고 길 떠나는 불안도 없이 그는 자기이야기의 첫 페이지에서부터 그 여정의 즐거움과 그것에 대하여 글을 쓰고 싶은 욕구를 털어놓는다. 그 여행의 장점은 여러 가지다. 그것은 과연 병든 사람들에게 적합한 여행이다. 침대가 바로 옆에 있고 추위에 떨 걱정이 없으니 말이다. 그것은 또 가난한 사람들에게 어울리는 여행이다. 돈이 들 것이 없는 여행이니 말이다. 그것은 심지어 게으른 사람들에게도 어울리는 여행이다. 따지고 보면 그들에게 휴식의 기회를 주는 데 인색하게 굴 사람은 없으니까 말이다. 비록 공간은 협소해 보이지만 그래도 매우 다양한 여정이 제공된다. 방은 '성벽에 바싹 붙어서한 바퀴 돌면 서른여섯 발자국쯤 되는 장방형을 형성한다. 그렇지만 내 여행의 길이는 그 이상이다. 왜냐하면나는 대개 규칙이나 방법 따위는 아랑곳없이 이리저리건너질러 다니기도 하고 대각선으로 건너지르기도 할 테니까 말이다. 심지어 지그재그로 걷기도 할 것이다. 필요하다면 기하학적으로 가능한 모든 선들을 따라 걸을 작정이다.'[74] 예상과는 달리 우발적 사고도 없지는 않다. 가령 그 불쌍한 여행자가 의자에서 떨어져 몸에 상처를 입은 경우가 그렇다. 그러나 결국 시간이 부족하여 생각했던 여행을 끝내 다하지 못하고 만다. 사실상 벌받는 시간이 끝나버렸기 때문이다. 자비에 드 메스트르는 자신의 경험에 대만족이다. 그는 간수들에게 실컷 골탕을 먹인 것이다. '그들은 내가 작은 한 점에 불과한 도시 안에서 돌아다니는 것을 금지해놓고 오히려 내게 우주 전체를 허락했다. 광대한 공간과 영원이 내 손 안에 있는 것이다.'[75] 그가 겪은 경험들은 헤아릴 수 없을 만큼 많다. '쿠크 선장의 온갖 여행들과 그의 여행동지들이 관찰한 내용은 그 제한구역에서 내가 겪은 모험들에 비긴다면 아무것도 아니다.'[76] 그는 독자들도 한번 자기처럼 해보라고 권하면서 세상에다가 새로운 여행 방법을 도입한 것을 자랑스럽게 여긴다. 이렇게 볼 때 걷기가 반드시 어떤 광대한 지리적 공간을 전제로 한다고는 말할 수 없는 것이다. 초라한 작은 방 안에서도 보행은 충분히 가능하다. 제대로 바라볼줄 아는 예리한 시선의 자질이 무엇보다 중요하니까 말이다. 자기 집 안에 머물러 있을 수밖에 없는 보행자라고 해도 적어도 이 사실을 굳게 믿고 옴짝달싹할 수 없다고 여겼던 부동의 상태에 활력을 불어넣으려고 노력할 수는 있다. 그리하여 선수를 쳐서 정신을 해방시킴으로써 현실의 속임수에 불과한 부동상태에서 벗어날 수 있는 것이다.

세상을 향하여 마음을 열다

걷기는 언제나 미완상태에 있는 실존의 이미지를 잘 보여준다. 걷는다는 것은 끊임없는 불균형의 놀이이기 때문이다. 넘어지지 않으려면 보행자는 규칙적 리듬으로 바로 앞서의 운동에 그와 상반되는 또 하나의 운동을 즉시 연속시켜야 한다. 한 걸음 한 걸음 옮겨놓을 때마다 항상 불안정한 상태가 출현하면서 넘어질지도 모른다는 경고를 발한다. 요컨대 너무 빨리 걷거나 너무 천천히 걸으면 단절이 생길 수도 있으므로 우리는 먼저 발걸음에 다음 발걸음이 적절히 따르도록 조화를 기해야만 비로소 잘 걸을 수 있게 된다. 보행은 세상을 향한 자기개방이므로 겸손과 순간의 철저한 파악을 요구한다. 한가로운 소요와 호기심이라는 그것 특유의 윤리는 개인의 인격형성과 몸을 통한 실존수행의 이상적 수단이 된다. 제임스 볼드윈과 인종차별 문제에 대하여 토론하는 가운데 마거릿 미드는 선박과 자동차의 발명은 실로 유감스러운 사건이라고 농담을 던진 바 있다. 만약 인간들에게 두 다리 이외에 다른 이동수단이 없었더라면 그들은 살아가는 동안 그렇게 멀리까지 가지는 않았을 것이다. 보행자가 연약한 존재라는 사실 때문에 인간은 훨씬 더 신중하게 행동하려고 노력했을 것이며 타자를 정복하고 멸시하기보다

Jackson, *Grand Canyon of the Colorado*, 1883

는 타자에게 자신을 열어보이려고 애썼을 것이다. 한 가지 확실한 사실은, 발로 걷는 사람은 자동차를 운전하는 사람, 혹은 기차, 비행기를 이용하는 사람처럼 거만하게 구는 일이 적을 것이라는 점이다. 왜냐하면 보행자는 언제나 인간의 높이에 서서 걸으므로 한 걸음 한 걸음 떼어놓을 때마다 세상이 거칠다는 것을 느끼고 길에서 지나치게 되는 행인들과 우정 어린 타협을 이룰 필요를 절감하기 때문이다.

걷는 경험은 자아를 중심으로부터 외곽으로 분산시켜 세계를 복원시키며 인간을 그의 한계 속에 놓고 인식하게 만든다. 그 한계야말로 인간에게 자신의 연약함과 동시에 그가 지닌 힘을 일깨워주는 것이다. 걷는 경험은 가장 전형적인 인류학적 활동이다. 왜냐하면 그것은 인간이 세계라는 교직 속에서 자신의 자리를 인식 파악하고 타자들과의 맺는 유대의 바탕에 대하여 생각해보려고 항상 고심하게 만들어주기 때문이다. 보행자는 걷는 동안 흔히 자기가 걸어서 지나가는 장소에 대하여 일련의 조사를 계속한다. 그는 아마추어 인류학자처럼 정원 가꾸기, 창문 치장, 집의 건축방식, 요리, 손님을 맞는 주민들의 태도, 말씨, 심지어 지방마다 다른 개들의 행동 등을 유심히 관찰하는 것이다. 그는 동물, 식물, 나무의 존재를 말해주는 징후를 찾아 온갖 지표들의 숲속을 답사하듯이 수풀 속을 전진한다. 줄리앙 그라크 같은 작가는 삼림에 대한 예리한 지식을 갖추고 있어서 자신의 발 앞에 솔방울 한 개가 떨어지는 의미도 놓치지 않는다. '그런 것에 주의를 기울이는 산책자는 거의 없다. 그러나 십여 년 간 소나무와 사귀어온 나는 귀를 긴장하지 않을 수 없다. 물이 오른 솔방울은 저절로 떨어지지 않는다. 마른 솔방울이 떨어질 때는 그런 무거운 소리를 내지 않는다.' 77) 밑둥치에 긁힌 자국을 보고 그는 자신의 추리가 옳다는 것을 감지한다. 그는 참을성 있게 주위를 둘러보다가 다람쥐의 꼬리나 반쯤 가려 있는 주둥이를 발견한다.

보행은 가없이 넓은 도서관이다. 매번 길 위에 놓인 평범한 사물들의 이야기를 들려주는 도서관, 우리가 스쳐 지나가는 장소들의 기억을 매개하는 도서관인 동시에 표지판, 폐허, 기념물 등이 베풀어주는 집단적 기억을 간직하는 도서관이다. 이렇게 볼 때 걷는 것은 여러 가지 풍경들과 말들 속을 통과하는 것이다.

오랫동안 어떤 교육학적 이념의 견지에서 걷기의 덕목을 개인의 인격형성 과정 속에 포함시켜 생각해 왔다. 가령 지난 세기의 여러 청소년 운동들(보이스카웃, 반더포겔 등)의 경우가 그러했다. 사실 1차 세계대전 이전 프랑스에서 수백만 학생들의 영원한 동반자로서 감동을 주었던 책 『두 어린이의 프랑스 일주(Tour de France par deux enfants)』의 주제는 바로 그것이었다. 그 책의 저자인 G.브뤼노는 그의 짧은 서문에서 로렌지방 출신의 그 두 어린이가 전국을 여행하는 이야기를 통해서 자신은 학생들에게 실생활의 지혜, 공민교육, 상공업 및 농업에 대한 이해, 그리고 '위인'들의 삶에 대한 지식을 제공하고자 한다고 설명하고 있다. 중요한 것은 걷기를 통해서 훌륭한 시민, 애국자가 되자는 것이고 제복을 입은 학생들은 1780년 보불전쟁이라는 재난으로 인하여 길바닥에 내던져진 그 두 어린 나그네와 자신을 동일시함으로써 특히 프로이센에 합병되고 만 알자스와 로렌의 운명을 절대로 잊어서는 안 된다는 것이었다.[78]

19세기 프랑스의 전국편력직공들은 어깨에 멘 막대 지팡이 끝에 옷 보따리 하나를 걸머메고 걸어서 프랑스 일주를 한다.[79] 그 나그네는 동업조합에서 정해준 여인숙을 찾아내어 며칠 혹은 몇 달 동안 먹고 잔다. 여인숙 여주인은 그 견습공을 잘 보살펴주고 견습공은 그 지역 특유의 기술을 익혀 훗날 그 분야의 장인이 되도록 노력한다. 이렇게 되면 그의 일주여행은 5년도 걸리고 십 년도 걸린다. 이런 편력직공은 평균 6개월 정도 한 도시에 머물며 일을 배운 다음 다시 보따리를 싸서 걸머지고 다음 기착지를 향하여 걷는다. 그 중 어떤 사람들은 국경을 넘어 유럽의 다른 나라로까지 진출한다. 중요한 것은 단순히 직업적인 수련을 쌓는 것만이 아니다. 그 전국일주의 목적은 그를 인간으로 성숙하도록 만들고 또 그의 몸 그 자체를 통해서 이 세상의 온갖 감각을 익히도록 함으로써 여러 지역의 다양성과 복합성에 눈뜨도록 하는 데 있다. 오랜 시간에 걸친 통과의례인 전국일주는 이렇게 하여 젊은 날의 수동적 세계에서 벗어나 이번에는 자기 자신의 상점을 열고 한 가정을 꾸밀 능력을 갖춘 새로운 인간을 탄생시키는 것이다.

보다 친근한 교통수단을 활용하게 됨으로써 야기된 일종의 단절상태. 그 단절상태로 인하여 어쩔 수 없이 외진 길로 접어들게 되면서 도보여행은 단순히 자신과 타자에 대한 인식의 과정이나 익숙한 세계를 벗어난 낯설음의 훈련일 뿐만 아니라 나아가서는 여러 가지 근심 걱정들을 떨쳐버리고 막연한 상태로나마 어떤 격앙상태를 경험하는 기회이기도 하다. 그 격앙상태는 길을 가는 동안 느끼게 되는 피곤 때문에 더욱 가열된다. 걷기는 때로 어떤 행동 속의 몰아지경인 황홀과 비슷하다. 이는 마치 자신의 밖에 있는 과녁을 겨냥하는 것이 아니라 그 과녁과 하나가 되기에 더욱 민첩해지는 참선의 궁수(弓手)가 맛보는 세계 같은 것이다. 여러 가지 감각들로부터 관습적 상투적인 몫을 제거해버림으로써 걷기는 세계에 던지는 시선의 진정한 변신이 가능하도록 준비해 준다.

걷기는 생각하는 훈련에는 더할 수 없이 좋은 한순간이다. 우리는 소크라테스와 그 제자들이 보여준 수많은 강의들이 많은 산책과 길 가다가 만난 사람들과의 우연한 대화, 그리고 발걸음의 리듬에 맞추어 거닐면서 전개된 논리들을 전제로 한다는 사실을 잊어서는 안 된다. 교육학 또한 도보여행적인 면이 있고 철학 또한 소요학파적인 면이 있다. 인간의 몸의 척도에 알맞은 세계는 곧 생각하는 즐거움이 이처럼 시간과 발걸음의 투명함 속에서 만들어지는 세계다.

수많은 철학자들과 작가들은 예외적인, 혹은 규칙적인 산책을 통하여 자신들의 머릿속에 마련한 여백 속에서 자유로운 사색, 추리, 논증이 이루어지도록 맡겨둔 결과 얻게 된 혜택에 대하여 자주 말하곤 한다. 장 자크 루소는 말한다. '보행에는 내 생각들에 활력과 생기를 부여하는 그 무엇이 있다. 나는 한자리에 머물고 있으면 거의 생각을 할 수가 없다. 내 몸이 움직이고 있어야 그 속에 내 정신이 담긴다. 들판의 모습, 이어지는 상쾌한 정경들, 대기, 대단한 식욕, 걸으면서 내가 얻게 되는 건강, 술집에서의 자유로움, 내가 무엇엔가 매여 있다고 느끼게 하는 모든 것, 나의 처지를 상기시키는 모든 것으로부터 멀리 떨어져 있다는 사실, 그런 모든 것이 내 영혼을 청소해주고 내게 보다 크게 생각할 수 있는 대담성을 부여해주고 존재들의 광대함 속에 나를 던져넣어 내 기분 내키는 대로 거리낌없이 두려움 없이 그것들을 조합하고 선택하고 내 것으로 만들 수 있게 해준다.' [80]

키에르케고르는 1847년 제테에게 보낸 편지에서 이렇게 쓰고 있다. '나는 걸으면서 나의 가장 풍요로운 생각들을 얻게 되었다. 걸으면서 쫓아버릴 수 없을 만큼 무거운 생각이란 하나도 없다.' 니체는 『환희의 지혜(Gai Savoir)』의 한 아포리즘에서 이렇게 잘라 말한다. '나는 손만 가지고 쓰는 것이 아니다. 내 발도 항상 한몫을 하고 싶어한다. 때로는 들판을 건너질러서, 때로는 종이 위에서 발은 자유롭고 견실한 그의 역할을 당당히 해낸다.' [81] 『차라투스트라』에서 그는 이렇게 적는다. '심오한 영감의 상태. 모든 것이 오랫동안 걷는 길 위에서 떠올랐다. 극단의 육체적 탄력과 충만'.

이름

도보여행자는 이름을 찾아 떠나는 사람이다. 다음에 나타날 마을 이름, 굽이도는 모퉁이 이름, 산 이름, 강 이름. 이 이름들은 그가 밟아가는 경로를 인간적인 것으로 변화시키고 세계를 혼돈에서 해방시키는 의미의 지표들

O'Sullivan, *Inscription Rock, New Mexico*, 1873

이다.

'이 내리막길 이름이 무엇인지 묻고 있지 않느냐? 어리둥절해진 어린 목동은 뭐라고 대답해야 할지 몰라 몹시 당황한 모양이다. 그는 땅바닥을 내려다보면서 귀까지 빨개져 가지고 허벅지를 긁는다. 마침내 한숨을 내쉬면서 대답한다. 「이름이 없는데요.」'[82)]

사실, 때로는 너무 욕심을 내지 않는 것이 좋다. 이 세계의 한 토막 한 토막이 다 이름이 있는 것은 아니다. 세상에는 아직도 생울타리 쳐진 이름 없는 빈 터도 있고 무명의 밭도 있고 아무도 이름을 붙여줄 생각을 해보지 않은 들이나 골짜기도 있는 것이다.

그리고 인간은 운명적으로 세상의 무한하게 많은 지명들 중에서 겨우 몇 가지를 아는 것이 고작인 한계를 지니고 있으므로 마땅한 사람, 즉 우리가 알고 싶은 이름을 잘 말해줄 수 있는 사람에게 물어보아야 한다. 이 마을 이름은 무엇이며 저 시내, 저 강, 저 숲의 이름은 무엇이며 이 마을사람들을 뭐라고 불러야 하는가? 타관에서 온 나그네는 바로 길을 묻는 사람이며 장소의 이름을 묻는 사람이다. 길 가는 사람에게 중요한 것은 수수께끼 같은 수많은 장소들 속에서 어디가 어디인지를 분간하는 일, 지도나 풍경들의 색깔과 선들 속에서 자신이 서 있는 현재 위치를 헤아리는 일이고 지금까지 걸어온 길과 앞으로 가야 할 길을 눈대중의 척도에 따라 계산해서 앞으로 얼마나 더 많은 노력을 들여야 할지를 예측하는 일이다.

세계를 인식한다는 것은 그 세계에 어떤 의미를 부여하는 것, 다시 말해서 그 세계를 명명하는 것이다. 도보여행자가 왜 그토록 이름을 알아내고자 하는지 그 까닭이 바로 여기에 있다. 도보여행자는 아직 어느 것 하나 그 정확한 좌표가 정해져 있지 않은 삶의 차원 속에서 길을 가는 사람이다. 그 차원 속에서 그가 더듬어가는 장소들은 한결같이 미지의 장소들이며 마치 미완성 상태에 있는 것만 같은 장소들이다. 이름은 공간의 세계 내적 자리매김이며 개인적 지리학의 고안 혹은 육체의 척도에 적용한 지리학이다. 길을 걷는 사람이 지금 자신이 와 있는 나라나 지방의 이름을 몰라 남에게 물어볼 정도로 부주의한 경우란 거의 없다. 그가 알고자 하는 것은 길을 가면서 차례로 만나게 되거나 눈앞에 나타나는 국지적 장소들의 이름이다. 그리하여 나중에는 이름들이 꿈속에서 본 이국적 꽃이 되고 그 이름을 들으면 수많은 추억들이 떠오를 것이다.

'라부스니크! 나는 잊어버렸던 그 이름을 마침내 다시 찾아냈다. 내 일기장의 마지막 페이지에 아무렇게나 휘갈겨 써놓았던 이름. 그런데 그 이름이 다족류의 벌레들이 집을 짓고 있는 헛간 한구석에 길을 잃은 채, 거미줄

Fenton, *Odalisque*, 1858.

처럼 가늘고 작은 글씨의 알아보기 어려울 정도로 희미해진 모습으로……. 거기다가 내 1902년 판 다 낡은 트란실바니아 지도 위에 접혀서 해진 모서리 때문에 그 모양마저 약간 일그러진 형국으로 다시 나타난 것이다.'[83] 세계대전 전 중부유럽을 누비고 다녔던 이 기막힌 여행자의 첫 번째 이야기는 1977년에 쓰여진 것이다. 리 퍼모는 그의 저작 제1권을 완성하기 몇 년 전에 우연히 루마니아에서 1939년 몰다우의 어느 성에 남겨 둔 채 잊어버렸던 그의 노트들 중 한 권을 다시 찾게 된다. '노트의 마지막 몇 페이지에는 해가 저물어 하룻밤씩 묵고 갔던 곳들의 유용한 목록이 남아 있다. 또 헝가리, 불가리아, 루마니아, 터키, 그리스 현대어의 지극히 초보적인 몇몇 단어들과 여러 가지 이름 및 주소들이 길게 열거되어 있다. 그것을 차례로 읽어가노라니 여러 해 동안 잊어버렸던 얼굴들이 되살아난다. 티싸 강변에서 만난 포도주 상인, 바나트의 여인숙 주인, 베르코비차의 대학생, 살로니카에서 만난 처녀……'[84]

프랑스 땅을 더듬고 다닌 저 불굴의 보행자 피에르 상소는 하나하나의 사물이 제자리에 놓여 있고 눈으로 확인한 실제 현실이 예상했던 것에서 조금도 어긋나지 않는 것을 보고 황홀한 표정을 짓는다. 그는 여러 이름들이나 그 이름들을 에워싸는 상상의 분위기와 행복하게 해

후했던 느낌을 이렇게 표현한다. '오늘날처럼 뜻하지 않은 표류, 이동, 사라짐, 돌연한 출현 같은 것을 선호하고 예찬하는 시대에는 좀 엉뚱한 말처럼 들릴지 모르지만, 솔직히 말해서 나는 대체로 여러 장소들이 예상했던 제자리에 있다는 것을 알고 기분이 좋았다. 그런 장소들은 프랑스가 아주 균형 잡힌 나라라는 사실을 내게 보증해 주는 것이었다. 알자스, 브르타뉴, 페리고르 등의 지방들이 서풍이나 동풍을, 대양이나 내륙을 한번 정해 가지면 그 다음부터는 변함이 없다. 그들 각 지방은 나름대로의 특징을 갖고 있어서 서로 혼동되지 않으며 그리하여 내 눈길과 두 다리는 매일같이 그들이 요구하는 것에 알맞도록 적응하게 되어 있다는 사실을 확인하는 것이 나는 기뻤다.'[85] 이름과 사물이 정확하게 일치한다는 것은 때로 세상이 아무런 위협도 없이 순조롭게 잘 돌아가고 있다는 보증이 된다. 그리하여 저마다의 여행은 수많은 이름들 속을 통과하는 과정이다.

세계라는 극장

길을 따라가는 동안 조우하는 온갖 우연한 만남들의 기회는 우리를 근원적인 철학으로 초대한다. 여행자는 끊임없이 근본적인 질문들에 대답하지 않으면 안 된다. 그는 어디서 왔는가? 그는 어디로 가는가? 그는 누구인 가? 이처럼 인간조건을 에워싼 질문들이 그것이다. 한곳 에 머물러 사는 사람들은 여행자들 특유의 이런 영원한 질문을 던지지 않는다. 그 질문의 형이상학적 측면에 관 심을 기울이기보다는 보다 사소한 장소나 사회적 기능에 대한 대답 쪽에 더 많이 마음을 쓰는 것이다. 갑자기 누 가 사라지거나 아프거나 죽거나 하는 경우는 예외에 속 하겠지만, 사람들의 일상생활 속에서 근원적인 문제들은 항상 잊혀져 있는 법이다. 그러나 매순간 최소한의 의문 들에 절박하게 부딪칠 수밖에 없는 보행자의 경우는 다 르다. 오늘의 풍경, 날씨, 집들의 모습, 주민들의 대접은 어제의 그것과 다르다. 길을 가는 사람은 적어도 한동안 마음을 붙잡고 놓지 않는 이런 사소하고 평범한 수수께 끼들을 머릿속에 떠올리고 그때그때 만나는 상대방에게 그것을 이야기하고 그 불균형, 변화, 차이의 의미를 따져 보지 않으면 안 되는 것이다.

도보여행자는 그가 접촉하는 대상들이 갖는 특이한 성 격 때문에 삶의 자질구레한 일들, 그러나 그것이 바로 삶 의 재미 그 자체라고 할 수 있는 범상한 일상사들을 함께 하는 사람이다. 그 자질구레한 일상사란 무엇인가? 건강 상의 걱정, 육체의 피로, 생산성이 그리 시원치 않은 저 땅, 예년보다 더 길고 더 추운 겨울, 혹은 가을까지 계속되는 늦더위, 고르지 않은 비, 문득 마을에 나타난 낯선 사람들, 어떤 나무의 이상한 생김새, 굴뚝에 피어오르는 연기를 보며 이웃사람들이 느끼는 한기, 기대에 못 미치는 수확, 금년에는 보기 어려워진 감자, 결실이 늦은 자두, 오월의 철 늦은 결빙. 혹은 어떤 나무. 어느 날 가지에 사람이 목매달아 죽었거나 어떤 아이가 떨어져 죽었거나 혹은 그 무성한 잎새 속에 몸을 숨기고 있던 사람이 같은 동네에 사는 남자와 여자의 은밀한 정사 장면을 목격했다는 한 그루 나무. 오래 전부터 보물이 숨겨져 있다고 전해져 오는 밭, 백 명의 장정이 달려들어도 옴짝달싹하지 않을 거석. 오래 전부터 전해 오는 공동체의 기억을 나름대로 전해 주고자 귀를 기울여줄 새로운 청중을 끊임없이 찾고 있는 정다운 입과 말.

저마다의 공간, 저마다의 물건은 미소를 자아내거나 비극의 냄새가 물씬 나는 이야기들을 숨기고 있는데 이야기를 하는 사람에 따라 그 시각이 저마다 달라진다. 세상의 어떤 향토사학자는 순진한 여행자들을 끌어 모아주는 행복한 화젯거리를 옆에 두고 있는 덕분에 까마득한 옛날부터 그 지방에 전해져 오는 이야기의 언제나 똑같은 일화를 골백번도 더 되풀이하여 들려주는 즐거움을 맛본다. 그런 곳의 주민들은 흔히 시간적 순서 같은 것은 아랑곳없이 어제와 오늘을 영원한 현재 속에 편리한 대로 뒤섞어놓은 기나긴 이야기 속에 살고 있다. 어딘지 알 수 없는 먼 곳에 갔다가 돌아온 마을의 어느 사내에 대하여 늘 그 턱으로 꼼짝 않고 주저앉아 사는 붙박이 주민이 들려주는 속내 이야기를 들어보라. 그 이야기에 따르면 머지않아 마다가스카르나 마니토바 같은 먼 곳으로 떠날 예정이라는 그 사내는 수년이 지나도록 마을을 떠나기는 커녕 한결같이 제집 문턱에 허리 구부정한 모습으로 어정거리고 있는 것을 볼 수 있다. 지금은 폐가가 되어 버려진 농가는 어떠한가. 전해져 오는 이야기에 의하면 그 집에는 옛날에 행복한 한 가족이 살고 있었지만 남편이 그 집 정원을 통과하여 흘러가는 도랑 속에서 황금을 찾아내기만 하면 큰 부자가 된다는 고정관념에 사로잡히는 바람에 가정은 풍비박산나고 말았다고 한다. 그때까지만 해도 흠 잡을 데 없는 남편이요 아버지였던 사내는 묵묵히 끈질기게 지켜보고만 있으면 황금을 찾아낼 수 있다는 듯 손에 잡은 연장을 놓으려 하지 않았다. 그의 아내는 이웃에 사는 홀아비의 품으로 행복을 찾아 떠났고 아이들은 아이들대로 황금에 홀려버린 아버지가 수년간의 여생을 혼자서 황금 찾는 데 매달리도록 남겨둔 채 떠나버렸다. 마을에 떠도는 소문에 의하면 사내는 '난 당신들 모두의 재산을 다 합친 것 이상으로 부자야' 하고 중얼거리며 죽었다고 한다. 그러나 그날 이후 과부에게서 그 집을 사겠다는 사람은 나타나지 않았다고 그 지방의 화자는 결론짓는다. 마치 황금을 찾던 그 사내의 귀신이 횃불을 들고 다시 나타나기라도 할 듯 사람들은 그 집을 꺼리고 두려워했다. 아니 어쩌면 그 집이 마을에 불행을 가져올까 두려워하는 것인지도 모른다. 지방의 결점, 서로 간의 질시, 이 사람 저 사람이 당한 불상사의 이야기들. 나무 그늘 아래서, 혹은 머리에 모자를 얹은 채 배낭을 벗어 땅 위에 아무렇게나 내려놓고 듣는 저급한 역사수업. 현학적인 구석은 전혀 없지만 보잘것없는 주제는 아랑곳없이 때로는 그 화술이 터무니없이 구성지다.

홀리오 라마자레스는 며칠 동안 산악지방의 한복판에 있는 그의 어린 시절의 강 쿠루에노를 거슬러 올라간다. 그는 사십여 킬로미터에 달하는 그 강을 끼고 걸어가며 형편 닿는 대로 잠자리를 얻고 낮잠도 마다하지 않는다. 어느 강 언덕에 외따로 떨어져 있는 스페인의 이 손바닥만한 한 조각 땅은 인간 희극의 축소판이나 마찬가지다. 이 여행자의 노정에는 엉뚱하기 짝이 없는 인물들이 무수히 들끓고 있어서 우리는 개인적인 동시에 집단적인 어떤 기억의 심층 속으로 빠져드는 느낌이다. 심지어 여행자는 가끔 그의 어린 시절의 인물들을 알아보기도 한다. 그 여행은 여로에서 채집한 일련의 속내 이야기들의 길, 그러니까 말과 서사의 길이다. 그 길은 발걸음을 멈추고 쉬는 휴식과 푸짐한 식사와 좋은 술과 헛간이나 들에서 보낸 밤들로 수놓여져 있다. 심지어 어느 온천치료 전문 여관에서 여행자는 뻔뻔스런 두 하녀의 유혹을 못 이긴 채 받아들여 뜻하지 않은 사랑의 밤까지 보낸다. 도보여행은 세계의 횡단이다. 그 길에서 만나는 사람들은 한결같이 자신의 속마음을 털어놓지 않고는 못 배기는 것 같다.

옛 공화파 출신의 한 사내는 여행자에게 기구했던 젊은 시절의 이야기를 들려준다. 스페인 내전에서 프랑코 군대가 승리를 거두자 뒤를 쫓는 경찰들을 피하기 위해서 그의 부모는 그를 십여 년 동안이나 자기 집 외양간 한구석에 파놓은 구덩이에 숨겨 놓았었다는 것이다. 어느 날 이웃집 사람이 정원의 꽃나무에 물을 너무 많이 주는 바람에 하마터면 그가 목숨을 잃을 뻔한 적도 있었다. 또 다른 이웃집 사람은 가끔 저녁에 무슨 소리가 들리면 어김없이 경찰을 불렀다. 그러나 집 안 구석구석을 이 잡듯이 뒤져봐야 아무것도 나오는 것이 없었다. 그렇지만 어느 날, 몸은 류머티즘에 시달리는 데다가 두더지처럼 숨어서 지내는 생활이 지긋지긋해진 나머지 그는 고통스런 삶에 종지부를 찍기 위하여 체념하고 외양간을 떠나 감옥에 가기로 했다. J.라마자레스가 만났을 때 그는 관절증 때문에 허리가 구부정해져 가지고 자기 집 문턱에 앉아 있다. 이제는 옛날에 그를 밀고했던 이웃집 사람 쪽에서 보복의 두려움 때문에 감히 자기 집 밖으로 나오지도 못하고 있다.

그리고 마을 교회의 범위를 넘어서 인근 지방에까지 그 명성이 알려져서 존경을 받고 있는 어떤 신부의 누이들이 길가에 나앉아 바느질을 하면서 지나가는 여행자에게 성인전에 관한 이야기를 들려주고 나서 그 위대한 인물의 생후 몇 달밖에 안 된 조카아이를 점잖게 소개한다.

어떤 행상인은 카미로 호세 세라에게 사실 자기는 페루 부왕(副王)의 상속자인데 음흉한 흉계에 말려들어 재산을 다 빼앗겼다고 털어놓는다. 그렇지만 다행스럽게도 그는 로마에—아시다시피 이제 믿을 곳이 교황밖에 없지 않은가—자신을 가문의 포괄 유산상속자로 지정한 유언장을 맡겨두었다는 것이다.[86]

물, 불, 공기, 땅, 그 원소들의 세계

풍경과의 관계는 단순히 대상을 바라보는 시선이기 전에 어떤 정서가 형성되는 과정이라고 할 수 있다. 이처럼 각각의 장소가 자아내는 느낌들의 갈피갈피는 거기에 접근하는 사람과 그때의 기분과 심리에 따라 판이하게 달라진다. 저마다의 공간에는 무수한 의미의 가능성이 잠재되어 있다. 그렇기 때문에 어떤 풍경이나 어떤 도시에 대한 관찰과 탐색과 음미가 완전히 다 끝나는 법은 없다.

걷기는 원초적인 것, 원소적인 것과의 접촉이다. 걷기는 대지와의 만남이다. 걷기가 대자연 속에서 사회적인 특징을 갖춘 어떤 차원(길, 오솔길, 여인숙, 방향표지판 등)을 동원하는 행위라고 한다면 그것은 또한 공간 속으로의 침잠이라고 볼 수 있다. 이때의 공간은 사회적인 것일 뿐만 아니라 나아가서 지리, 천문기상, 환경, 물리, 음식 문화 등과 관련된 공간이다. 걷는다는 것은 그 공간을 벌거벗은 세계 혹은 우주에 종속시키는 것을 의미한다. 이렇게 함으로써 보행은 인간의 내면에서 성스러움의 감정을 불러낸다. 햇빛을 받아 뜨거워진 솔방울 냄새를 맡거나 들판을 가로질러 흐르는 시냇물, 숲 한가운데에서 투명한 물살에 씻기는 자갈밭을 바라보고 오솔길을 어슬렁어슬렁 지나가는 여우나 울창한 수림 속에서 걷던 발걸음을 멈추고 문득 나타난 불청객을 물끄러미 바라보는 사슴에게 눈길을 던지는 경이로움. 동방의 전통에서는 어떤 사람이나 어떤 장소를 만났을 때 만난 이의 근원에 변화를 가져오는 존재감 혹은 아우라를 그 사람이나 장소의 다르샤나(darshana)라고 부른다.

Thomas Joshua Cooper, *West (The Furthest Point)*, *The Atlantic Ocean*, 1946

세계의 몸 혹은 살은 언제나 걷는 사람에게 어떤 메아리를 불러일으킨다. 그 살은 항상 내밀한 울림을 갖는 것이다. 오랫동안 평범한 사물들을 까마득히 잊고만 지내다가 그런 기나긴 우회의 길을 거쳐 마치 무슨 기적인 양 그 사물들을 다시 발견하는 도회인의 감격은 놀라운 것이다. 도보여행의 추억은 예외적인 순간들의 꽃 장식과도 같은 것이지만 자연 속에 묻혀 심드렁하게 지내온 시골사람들에겐 그것이 우습게 보일 뿐 잘 이해되지 않을지도 모른다. 뭘 모르고서 굴 밖으로 머리를 내밀었던 여우새끼가 다시 한번 더 밖을 내다보기를 헛되이 기다리며 보낸 여러 시간들. 뜨거운 햇빛 속에서 오랫동안 땀 흘리며 걷고 난 다음 맑은 시냇물을 만나 뜻밖의 목욕을 즐길 수 있었던 한때, 보드라운 풀들이 자욱이 덮인 고요하고 외딴 수림 속에서 온몸을 간질이는 미풍과 새들의 노래. 거리낌없는 마음의 자유와 느림의 감각, 그리고 옷감보다도 더 보드랍고 포근한 식물들에서 생겨나는 고즈넉한 기적. 세계의 단순한 희열.

네팔의 사랑코트에서 내리쪼이는 햇살을 받으며 평지의 길과 산길을 오랫동안 걸어 올라가다가 마침내 숲과 논과 목초지와 작은 정원들이 어우러진 포카라호수를 향하여 내려간다. 몸은 점점 더 고단해지고 땀은 비 오듯 하는데 문득 수풀이 무성한 지역 한구석에 그렇게도 오랫동안 고대했던 시냇물이 불쑥 나타나고 여기저기에 작은 폭포들이 쏟아진다. 서늘한 물속에 몸을 던지는 즐거움, 그리고 다시 떠나야 하는 괴로움과 아쉬움, 그리고 오늘, 다시 그런 순간을 되풀이하여 맛보고 싶은 향수.

한밤중에 달빛을 받으며 숲속이나 들판을 걷게 되면 그때의 기억은 마음속에 남아 쉽사리 잊혀지지 않는다. 별빛 속이나 캄캄한 어둠 속에 서면 인간은 무한하고 진동하는 어떤 우주 속에 던져진 피조물로 되돌아간 자신의 존재를 느낀다. 그는 자신의 존재에 대한 질문 앞에 서게 되고 그 순간의 어렴풋하지만 강력한 우주론 혹은 개인적 종교성에 빠져든다. 밤은 인간을 경이와 두려움이라는 성스러움의 두 가지 얼굴과 대면시킨다. 그것은 일상적인 지각의 세계에서 뿌리가 뽑혀나와서 자아를 초월하는 피안의 세계와 접하는 두 가지 방식이다.

어떤 사람에게 밤은 더할 수 없는 감동의 세계지만 또 어떤 사람들에게는 무수한 위협이 도사리고 있는 영역, 모든 낯익은 것들이 점차 자취를 감추고 섬뜩한 두려움이 되살아나는, 가늠할 수가 없는 세계다. 처음 얼마 동안의 즐거움이 서서히 공포로 변하면서 문득 오던 길을 되돌아가고 싶어진다. 줄리앙 그라크가 이야기하는 것은 바로 그 같은 경험이다. '우리는 어떤 캄캄한 대로를 발이 푹푹 빠지는 듯한 느낌으로 걸어갔다. 밤은 더할 수

없이 고요했다. 키 큰 나무들이 우거진 절벽 사이 미동도 않고 괴어 있는 어둠은 흐릿한 잿빛 물처럼 계곡을 가득 채우고 있었다. 금세 발소리가 조용해지면서 마침내 우리는 불안한 느낌에 사로잡혀 떨기 시작했다. 오랫동안 걸을 요량으로 길을 떠났는데 반 시간이 채 못 되어 우리는 가던 길을 되돌아오기로 결정하고 말았다. 그날 밤, 나는 달 없는 밤에 깊은 숲속을 건너 질러갈 때 마음을 짓누르는 그 불안과 고통의 원천이 무엇인가를 엿보았다는 느낌이다.' [87]

도시의 밤에는 그런 심리적 번뜩임이 없다. 거기에는 형이상학적 차원이 결여되어 있다. 끊임없는 자동차 소리가 모든 신비감을 쫓아버리고 언제나 길게 늘어선 건물들이 지평선을 막고 있으며 무엇보다도 은은하게 비치는 불빛이 공포감을 없애고 방향을 알려주며 구역을 표시해주기 때문이다.

P. 마티센은 돌포에 있는 어떤 집 지붕 위에 누워서 '눈앞에 펼쳐진 밤을 바라본다. 박쥐 한 마리가 찍찍거리고 별들이 돋아난다……. 머지않아 북쪽 산의 어두운 틈에 화성이 나타난다. 침낭 속에 몸을 따뜻하게 감싼 채 나는 하늘의 궁륭 아래 너울너울 떠다닌다. 발 아래에는 내 어린 시절의 은하계가 지금은 서양의 대기오염과 인공적인 불빛에 가려진 채 은가루처럼 흩뿌려져 있다. 내

아이들의 아이들에게는 밤의 이 같은 힘과 아늑한 고요가 더 이상 존재하지 않게 되리라.'[88]

태양은 또 하나의 원초적인 조건이다. 때때로 앞으로 전진하는 것이 태양 때문에 비극적 상황으로 변하기도 한다. 매순간 물리칠 수 없는 고정관념처럼 갈증에 시달리는 사막 여행이 바로 그런 경우다. 간혹 유럽에서도 그런 일이 일어난다. 로리 리는 발랄로이드 근처에서 찌는 듯 더운 어느 날 탈수증 때문에 하마터면 목숨을 잃을 뻔했던 경험을 이야기한다. 해가 어찌나 뜨거운지 공기를 그대로 빨아들여 숨쉬는 것이 불가능할 것만 같다. '열기가 너무나도 광포한 나머지 땅덩어리 전체가 부대끼다 못해 그 표면이 하나의 거대한 상처로 변하는 것 같았다. 혈관 속에서 피가 마르고 몸속의 모든 물기가 증발하고 있었다. 해가 머리 위에서, 발밑에서, 사방에서 후려쳤다. 온 들판의 밀들이 거대한 구리판으로 변하여 뒤틀리고 있었다. 나는 계속해서 걸었다. 그늘진 곳 하나 없으니 몸을 숨길 도리가 없었기 때문이다.'[89] 이내 더위에 짓눌려 입술이 까실까실해진 로리 리는 이 세상 천지에 사람 하나 짐승 한 마리 걸어다니는 것을 볼 수 없는 순간이 있다는 것을 깨닫는다. 낮잠은 행복한 휴식일 뿐만 아니라 길이 끝나는 종착점에 새카맣게 타 가지고 도착하지 않도록 해주는 보호수단이다.

O'Sullivan, *Desert Sand Hills near Sink of Carson, Nevada,* 1867

아름다움은 민주적인 것이어서 만인에게 주어진다. 지극히 아름다운 곳들은 수없이 많다. 심지어 같은 날, 같은 산책에서 경이로운 일이 몇 번씩이나 되풀이하여 나타나서 어떤 배경, 분위기, 풍경, 소리, 얼굴을 남긴다. 보행은 세계의 희열을 향한 자기개방이다. 그것이 내면적인 휴지와 평정을 허락하기 때문이다. 그것은 주변환경과 몸으로 만나는 일이므로 우리는 여러 장소의 감각적 조건에 끊임없이, 거리낌없이 자신을 맡기게 된다.

악천후는 여행에 소금과도 같은 것이다. 비록 그 고요한 질서를 뒤흔들어 놓기는 하지만. 악천후는 잊을 수 없는 기억을 보증한다. 비록 당장에는 애태우며 겪어야 하는 체험이긴 하지만. 티에리 기누트는 캉탈지방으로 산행을 갔다가 폭우를 만났지만 행복했다. '나는 마음 턱 놓고 걸었다. 하마터면 틀에 박힌 되풀이나 그저 평범한 걷기가 될 뻔했는데 폭우가 나를 구해주었다. 소나기는 반복되는 내 걸음걸이에 신화와 열정의 입김을 부어 주었다. 한순간에 엄청난 비가 억수로 쏟아지면서 주위의 산들에서 천둥이 울렸다. 하늘의 궁륭이 입을 벌리며 그 속에 담긴 것을 모두 다 비웠다.' 그는 '닭똥이 점점이 흩어진' 어떤 헛간으로 달려가 몸을 피했다. 빈 통이 하나 있어 그 위에 걸터앉아 있자니 문득 개 한 마리가 멀뚱멀뚱 쳐다본다. 그 역시 흠뻑 젖은 몸이라 암탉과 여행자를 잠시 눈감아준다. '밖에서는 풀밭에 김이 피어오르고 거대한 도랑이 모래와 자갈과 진흙탕을 싣고 풀 위를 쓸고 간다.' [90]

부주의하여 우비를 잊었거나 발이 젖지 않는 신발을 갖추지 않은 여행자는 비 때문에 즐거운 여행을 온통 다 망칠 염려가 있다. 제아무리 참을성이 많은 여행자라 하더라도 허구한 날 축축하게 젖은 양말 속에 발을 담고 걷거나 물에 젖은 침낭을 떠메고 다니는 것보다 더한 고역은 없을 것이다. 비는 사람의 몸만 부대끼게 하는 것이 아니다. 쏟아지는 비에 강물이 불어나고 길은 진창으로 변한다. 비가 오면 보행이 어려워지는 것은 사실이다. 그러나 비가 반드시 해로운 것만은 아니다. 장비를 잘 갖춘 여행자에게 비는 황홀한 것일 수 있다. 비는 풍경에 푸릇푸릇한 생기를 준다. 그리하여 사람은 마음이 고즈넉해져서 위안을 얻는다. 또한 비는 길바닥으로 내몰린 불운한 다른 사람들에게 가까이 가고 싶은 마음을 불러일으키기도 한다. 비의 정조는 우선 걷는 사람의 심리나 그가 처한 특별한 상황에 따라 달라진다.

한편 풍경 위로 덮치는 우박이나 안개나 구름, 혹은 눈보라는 비록 그 당장에는 극복해야 할 고난이겠지만 겪고 난 다음에는 흔히 지울 수 없는 추억이 된다. 풍토와의 만남은 어느 것이나 다 잊을 수 없는 법이다.

Larry Towell, *Dust storm, Ouramgo Colony, Mexico*, 1953

티베트에서 해발 5,580미터나 되는 데우고개를 한밤 중에 넘어야 했던 A.다비드 닐과 그의 양자 용덴은 아무리 해도 불을 피울 수가 없게 된다. 잠시 주위를 두리번거려 땔감을 찾아낼 수는 있었지만 라이터가 젖어서 불꽃이 일지 않는 것이었다. 용덴은 추운 몸을 데우려고 걷고 달리고 껑충껑충 뛰어본다. 그리고 A. 다비드 닐은 도를 닦은 사람이니 자신이 전수한 정신의 기(氣)를 통해서 몸의 온도를 높여보라고 권한다. 그 여자는 티베트의 한겨울 속 눈 위에 앉아 미동도 하지 않은 채 며칠 밤을 계속하여 참선에 몰두하던 스승들을 상기했다. 그 스승들에게서 그녀는 추위를 견디는 마음의 도를 배우기는 했지만 이런 경우에 그것을 시험해볼줄은 몰랐다. 그녀는 라이터를 자신의 옷 속에 넣는다. 그리고 참선을 시작한다. '서서히 잠이 밀려들었다. 그렇지만 정신은 투모(toumo)의 화두에 완전히 집중되었다. 그랬더니 모든 잡념이 사라지면서 저절로 반쯤은 꿈속 같은 상태에서 이미 시작된 행공이 규칙적으로 이어졌다. 곧 나는 내 주위에서 불꽃이 일어나는 것을 보았다. 불꽃이 점점 더 커지더니 내 머리 위로 그 붉은 혓바닥을 널름거리며 나를 감쌌다. 감미롭고 편안한 느낌이 내 전신에 사무쳤다.' [91] 그 여자가 그 황홀경에서 깨어나자 몸이 타는 듯 뜨거워져 있다. 라이터는 물기 하나 없이 뽀송뽀송하다. 그녀는 불을 켠다. 그러자 그 옆에서 끊임없이 달리고 펄쩍펄쩍 뛰고만 있던 용덴이 깜짝 놀라 다가온다.

오솔길은 물론이지만 세상의 모든 길은 땅바닥에 새겨진 기억이며 오랜 세월을 두고 그 장소들을 드나들었던 무수한 보행자들이 땅 위에 남긴 잎맥 같은 것, 여러 세대의 인간들이 풍경 속에 찍어 놓은 어떤 연대감의 자취 같은 것이다. 그리로 지나가는 행인 한 사람 한 사람의 지극히 작은 서명이 거기 알아볼 수 없는 모습으로 찍혀 있다. 그는 길의 표면을 고르게 다져 놓으며 지나간다. 자동차를 몰고가는 사람은 가능한 한 빨리 목적지에 도착하기 위하여 자신에게나 남들에게나 다같이 치명적이 될지도 모르는 싸움에 열중한다. 그러나 걷는 사람은 그렇게 바삐 서두르는 법이 없다. 그런 흙길을 따라 걷는다는 것은 곧 눈에 보이지는 않지만 실제로 존재하는 공모 관계에 따라 수많은 다른 보행자들의 뒤를 따라간다는 것을 의미한다. 길이란 인간들이 지나가든 말든 아무런 관심이 없는 식물과 광물의 세계 한복판에 남겨진 흙의 상처다. 너무나도 짧은 한순간 무수한 발자국들이 찍혀진 땅바닥은 인류의 징표다. 자동차의 타이어는 마음가짐 같은 것은 아랑곳하지 않고 길에서 마주치는 것은 무엇이나 다 납작하게 깔아뭉개버리는 공격성을 발휘한다. 그러나 땅을 밟는 발에는 그런 공격성이 없다. 동물이 남기는 흔적은 거의 감지할 수 없을 정도로 미미하다.

걷는 사람들의 길은 살아 있다. 그 길은 언제나 여유를 가지고 우리를 어디엔가로 인도한다. 빅토르 세갈렌은 어떤 변화무쌍한 생리를 가진 인물에 대해서 얘기하듯이 그런 길에 대하여 이렇게 말한다. '여기서 길이 대지와 황토의 절벽과 그 절벽에 선 성들과 성벽의 틈, 그 꼭대기나 벽들과 싸우는 모습을 보라. 그럴 때면 길은 예리해진다. 땅을 밟는 발걸음들이 길을 점점 더 깊숙하게 박아넣는다. 길이 땅속으로 파고든다. 그러나 온통 산 전체가 무너지면서 길을 끊어놓는다. 길은 무너진 곳 저 너머로 건너뛴다. 그리고 더 먼 곳에서 다시 이어진다. 길이 제 갈 길이나 제 목표를 모르는 법은 절대로 없다.'[92] 흙길이나 오솔길에는 삶의 밀도가 배어 있다. 그런 길들에는 사람 발자국, 말이나 암소의 발자국, 혹은 비 온 뒤의 물웅덩이, 군데군데 덮인 눈, 웃자란 잡초, 쐐기풀 같은 어떤 구체적인 인간성 혹은 동물성이 압축되어 있다. 미셸 투르니에는 길을 밟는 발의 관능적 쾌감을 절묘한 필치로 기린다. '바퀴는 고르고 평평한 길을, 고무를 입힌 듯 착착 달라붙는 길을 원한다. 바퀴는 빠지고 덜컥거리는 것을, 특히 밖으로 미끄러지는 것을 무엇보다 싫어한다. 그러나 발은 어디에서나 잘 적응한다. 심지어 미끄러운 길마저도 재미있어한다. 그러나 발이 무엇보다도 좋아하는 것은 모래나 자잘한 돌이 약간 섞인 바닥을 싸각싸각 소리내어 걸으며 마치 양탄자 위를 걷듯 약간씩—너무 지나치지는 않게—발이 빠지는 맛을 음미하는 것이다. 발은 탄력이 없는 모진 바닥을 밟고 튀어오르는 것을 좋아하지 않는다. 해가 날 때 약간의 먼지, 비가 왔을 때 약간의 흙탕은 삶의 질 일부를 이룬다.'[93)]

덤불 숲 모양이 고르지 않은 곳을 보면 우리는 짐승들이 그리로 지나갔다는 것을 안다. 물론 시베리아 숲을 누비고 다녔던 데르주 우잘라 같은 사람처럼 조그만 흔적한 가지만 보고도 사람이나 짐승이 지나갔다는 것을 알아차리고 아직 잘 느껴지지도 않는 기미만으로도 해가나고 소나기가 밀려오고 눈이 내린다는 것을 분명히 짚어내는 것은 쉬운 일이 아니다. 탁월한 경험자들과 동행하거나 스스로 참을성 있게 비법을 터득하게 되면 수많은 지식과 지혜를 얻어 걷는 사람에게 힘이 되어준다.

세상에 대한 지식을 무한히 넓히기 위해서도 길이 필요하다. 아스팔트에는 역사도 없고 이야기도 없다. 심지어 그 위에서 사고가 일어났다해도 자동차들은 그곳에 아무런 기억의 자취도 남기지 않고 지나가버린다. 자동차는 장소와 역사 따위는 아랑곳하지 않은 채 풍경을 칼처럼 자르고 지나간다. 자동차 운전자는 망각의 인간이다. 풍경이 차의 앞 유리창 너머 멀리서 휙휙 지나갈 뿐이므로 길에 대한 감각적 마취 혹은 최면상태에 빠져서 아무것도 느끼지 못하는 것이다. 그는 다만 엄청나게 커진 눈에 불과하다. 대부분의 경우 그는 길을 가다가 멈출 여유가 없다. 그는 바쁜 사람의 전형이기 때문이다. 더군다나 국도나 고속도로는 탐사나 소요에 적당한 길이 못 된다. 사실 길가에다가 자동차를 세우면 위험을 각오해야 한다.

반면에 걷는 사람은 전신의 감각을 열어놓고 몸을 맡긴 채 더듬어가는 행로와 살아 있는 관계를 맺는 가운데 매순간 발밑에 밟히는 땅을 느낀다. 그는 자신이 거쳐 가는 길 위의 숱한 사건들을 골고루 기억한다. 물론 길가의 산세가 아름답다고 해서 너무나 열중해서 감상하다보면 다른 보행자와 충돌할 위험이 있는 것은 사실이다. 그러나 유럽에서만 자동차 사고로 연간 12만 8천 명이 사망한다는 기록에 비긴다면 이런 위험쯤은 별것 아니다. 자동차들이 오늘과 같은 조건 속에서 계속 통행하기 위하여 치러야 하는 희생을 보행은 면제받는다.

동물들

로베르 랄롱드는 퀘벡에 있는 숲 속을 걸으면서 한 세

계가 통째로 그의 눈앞에 열리는 것을 본다. '산협의 세 호수에는 숭어 떼들이 천천히 꿈틀대고 있는 것을 보았다. 그곳에서 돌아왔을 때 내 몸은 전에 없이 깨어났고 두 팔과 허벅지는 정신 없이 태운 장작불 때문에 마치 마약중독자의 그것처럼 여기저기에 구멍이 나 있었다. 나는 뇌조와 흰머리독수리를 보았고 가슴을 찢는 듯한 소리를 내며 우는 이상한 물수리를 보았다. 길들지 않은 야만인처럼 요란한 소리를 내는 우리들의 발소리에 놀라 선연한 발굽 자국을 남기고 달아나는 고라니를 보았다. 나는 머리 위 높은 곳에 서려 있는 전나무 냄새, 바위틈의 용담 냄새를 맡았다. 그리고 젖은 모래에서는 얼마 전에 내린 비 때문에 아직 가시지 않은 하늘과 천둥과 신선한 골풀 냄새가 풍겼다.'[94] 길을 걷는 사람은 다른 누구도 보지 못하는 동물들을 뜻하지 않은 순간에 문득 마주치곤 한다. 마티센은 브하랄 떼를, J.라카리에르는 오솔길 한복판에서 잠이 든 독사 떼를 만났고 W.허조그는 수천 마리의 들쥐들을 만난다. J.라카리에르는 포장된 도롯가의 구덩이에 가득히 버려지거나 아스팔트 위에 납작하게 짓눌려 죽은 짐승들의 공동묘지를 보고 큰 충격을 받는다. 자동차 운전자들의 무관심과 무지로 인하여 길에서 약식 죽음을 당하는 동물들은 무수히 많다. '고슴도치, 두꺼비, 새, 달팽이, 괄태충, 온갖 종류의 곤충들, 더

러는 시골의 아주 작은 오솔길에 이르기까지 그 수는 무수히 많다. 이처럼 온갖 색깔의 반점, 후광, 짓이겨진 자국들로 점철된 아스팔트는 수많은 화석들이 남아 땅바닥의 역사를 읽을 수 있게 된 석반석이나 편암과도 비슷한 형국이다. 이따금씩 나는 배낭을 벗어 내려놓고 길바닥에 무릎을 굽히고 마치 현미경 속을 들여다보듯, 깔려죽은 동물의 몸들이 이제는 콜타르와 섞여 어떤 소묘, 선, 원 혹은 장미 창 무늬로 변해버린 그 치열했던 전장을 자세히 관찰해보기도 한다.' [95] 자동차에 깔려 죽은 짐승은 개나 고양이 이외에 여우일 때도 더러 있다. 바로 이번 여름에도 나는 로렌지방의 길에서 여러 번 보았다. 19세기의 여행자 퇴퍼는 그의 제자들과 함께 그저 발길 닿는 대로 여기저기 떠돌듯이 길을 가다가 머리가 엄청나게 큰 이상한 물체와 마주친다. 가까이 다가가보니 어떻게 했는지 호두껍질 속으로 들어가려고 머리를 처박았다가 운수 나쁘게 다시 빠져나올 수 없게 된 도마뱀이었다. 그가 호두껍질을 깨고 풀어주자 도마뱀은 쏜살같이 숲속으로 내뺐다. 아마도 다시는 호두 맛 같은 것은 볼 생각도 않겠다고 굳게 다짐했을 것이다.

P.리 퍼모는 카르파티아 산악지방에서 그윽한 고독을 맛보며 여러 날을 지냈는데 그때 마주친 것들의 정경을 영원히 잊지 못한다. 우거진 숲속 길의 무수한 갈색 혹은

Nikos Economopoulos, *Nomads by the Side of the Road*, 1953

검정색 다람쥐들, 네 마리의 암사슴과 그 새끼들, 또 잠시 후에는 멋지게 생긴 노루, 그가 옆에 있는 줄도 모른 채 목동들, 개들과 함께 어둠 속을 조용히 지나가는 한 무리의 양 떼들, 산 위를 높이 나는 매와 독수리들. 그 중 한 마리는 불과 몇 미터밖에 안 되는 거리에서 불쑥 나타났으므로 그는 몸을 숨겨 오랫동안 몰래 관찰할 수 있었다. 그 독수리는 한참 뒤에야 높이 날아올라 공중에 커다란 원을 그리며 돌았다. 어느 날 그는 물냉이가 잔뜩 돋아나 자라고 있는 시냇가에서 물을 마시며 그렇게까지 자유를 만끽할 수 있게 된 행복에 대하여 오래도록 생각해보았다. '물론 옥스퍼드에 있었더라면 좀더 나았겠지. 그러나 이거야말로 완벽한 자유야.' [96]

E.애비는 유타주의 어느 자연공원을 이리저리 걸어다니는 중에 커다란 수리부엉이 한 마리가 한동안 친구가 되어 따라오는 것을 보았다. 보주지방이나 기타 다른 지방 숲속의 여우들, 사슴들, 세벤지방의 물고기 많은 강들, 도처의 새들, 사람들이 흔히 다니는 길을 조금만 벗어나면 모든 길은 동물들의 왕국이다.

유럽의 도보여행 이야기에는 언제나 많은 개들과 개 짖는 소리가 등장한다. 그들의 날카로운 송곳니는 가끔 여행자가 마을로 들어가는 것을 저지하거나 더 이상 가던 길을 이어가지 못하게 만든다. 벌써 30년대 스페인에서 로리 리는 미친 듯이 짖어대며 집요하게 달려드는 개를 만난다. 하룻밤 쉬어가기 위하여 그가 몸을 숨기고 있는 은신처를 야생의 들개들이 찾아낸 것이었다. '냅다 소리를 질러대고 돌을 던지고 눈이 부시도록 손전등 불빛을 마구 쏘아댄 끝에 나는 겨우 그놈들이 저만큼에서 더는 가까이 달려들지 못하게 할 수 있었다. 짧게 나직이 짖어대며 산비탈 저 아래로 내려가는 그들은 새벽빛이 밝아올 때가 되어서야 비로소 나를 놓아주었다. 그제서야 나는 잠 속으로 빠져들 수가 있었다. 자면서 꾼 어지러운 악몽 속에서 나는 그놈들의 길고 누런 이빨이 내 살 속으로 깊숙이 박혀드는 것을 느낄 수 있었다.'[97] 나중에 그는 어떤 미친 개한테 잔인하게 물렸다. '그 개의 노란 두 눈은 독일군이 사용했던 이페리트 독가스 색을 연상시켰다.'[98] 여기서 보듯이 개에게 물리는 시련 정도는 로리 리의 서정적 감각과 관찰력을 결코 무디게 하지 못한다. 공격적인 개는 길 가는 사람의 정신적 높이 같은 것은 아랑곳하지 않는다. 개는 주인의 심리를 그대로 받아 행동하므로 콤포스텔라 순례여행자나 평화적인 도보여행자라고 해서 공격성을 늦추지 않는다. 개는 윤리적인 범주를 넘어선다. 개에게는 모든 인간이 똑같으며 자질구레한 차이는 고려의 대상이 못된다. 장 클로드 부를레스는 여러 해 전부터 콤포스텔라의 길을 누비고 다녔는

데 공교롭게도 길을 물어보려고 어떤 농가에 들어갔다가 혼쭐이 난 적이 있다. 농가의 문턱을 막 넘어서는데 독일산 양치기 개 두 마리가 미친 듯이 짖어대며 털을 세워가지고 금방이라도 물 듯이 누런 이빨을 드러내며 그에게 달려들었다. '어찌나 사납게 대드는지 나는 죽는 줄 알았다. 너무나도 무서워서 꼼짝도 하지 못했는데 그게 나를 구했다. 짚고 있던 지팡이 때문에 그들은 저만큼 발을 멈추고 더 이상 다가오지 못했다.'[99] 개들이 등뒤로 달려드는 가운데 그는 천천히 오던 길을 되돌아온다. 다행으로 그의 아내가 다가왔기 때문에 개가 잠시 공격을 멈추고 딴 데 정신을 팔았다. 그들은 둘이서 개들을 적당한 거리에서 더 이상 다가오지 못하게 하는 데 성공하여 곤경을 모면하고 무사히 길을 계속할 수 있었다.

루이 무티노는 도르도뉴지방에 있는 돔마을 근처에서 큼지막한 독일산 양치기 개 두 마리의 공격을 받았다. 달려드는 모습으로 보아 물겠다는 의도가 분명했다. 다행스럽게도 그는 지팡이를 짚고 걸어가고 있어서 앞서서 달려드는 놈을 후려칠 수 있었다. 세차게 얻어맞은 놈은 혼비백산하여 뒤도 안 돌아보고 사라졌다. 그림자처럼 뒤를 따르던 한패거리도 겁을 집어먹고 달아났다.

그 반대로 때로는 개들이 길동무가 되어, 걷는 사람들에게 각별한 애정을 표시하는 경우도 없지 않다. 그러나 솔직히 말해서 이런 경우는 매우 드물다. 때때로 먹을 것이나 애정 어린 손길을 찾아서 뒤를 졸졸 따라붙는 개는 힘이나 꾀를 써서 쫓아버리려 해도 도무지 떨어지지 않아서 여간 귀찮은 것이 아니다. 더구나 날이 저물어 가던 길을 멈추고 어느 집에 들어 하룻밤 묵어가려 할 때 집주인이 개는 집 안에 들일 수 없다고 단호하게 거절이라도 하게 되면 사태는 점입가경이 된다. 라마자레스는 어떤 농가 주인에게 그 집 개가 무리에서 벗어난 암소를 민첩하게 몰아들이는 것을 보고 칭찬을 했다. 농부는 그 말을 듣자 즉시 개를 주겠다고 한다. 뜻밖의 선물이 고맙긴 하지만 금방 짐이 될 것임을 아는지라 그는 극구 사양한다. 한참 동안 그렇게 실랑이를 하다가 그는 그 인심 좋은 농가 주인에게 어느 쪽이든 개가 스스로 결정하게 하자고 제안한다. 다행으로 개는 저를 사이에 두고 벌이는 실랑이엔 아랑곳하지 않은 채 암소 떼들 사이에서 계속 제 할 일을 다하고 있는 것이다.

장 라카리에르는 여러 날 동안 그를 따라다니는 떠돌이 개 한 마리를 얻게 되자 어떤 날품팔이꾼에게 그 개를 선물한다. 자식이 여럿이어서 그 아이들을 키우는 것만도 고생인 터인 날품팔이꾼은 철학자가 다 되어 가로되 하기야 입 하나 더 늘어난 것뿐이지라고 했다.

사회를 비껴가는 길

1974년 11월 로테 아이즈너가 위독한 병에 걸려 파리의 어느 병원에 입원했다. 영화사 연구의 대가인 그녀는 독일 영화에 관한 결정적인 저작들을 남긴 학자다. 그녀의 상태에 대하여 전해 들은 베르너 허조그는 그녀가 아직 세상을 하직할 때가 되지 않았다고 판단하고 세속적인 방식으로나마 기원의 순례여행 전통을 이어 실천해보기로 결심했다. 신의 자비를 빌기 위한 행위, 즉 어떤 희생의 제물을 바침으로써 그녀를 살리겠다는 생각에서 그는 죽음과 상징적인 거래를 하기로 결심한 것이다. '나는 저고리, 나침반, 뱃사람들이 지니는 가방, 그리고 몇 가지 필수품들을 준비했다. 신발도 아주 새것이었으므로 안심해도 좋을 것 같았다. 나는 가장 짧은 길을 택하여 파리를 향해 떠났다. 내가 걸어서 갈 수만 있다면 그녀는 살 수 있다고 확신하면서.'[100] 3주일 동안 허조그는 오늘날 세계의 상식을 거슬러 울타리를 타넘고 들과 숲을 건너고 때로는 큰길로 나서서 걷고 심지어 짧은 한동안은 자동차 무료편승의 유혹도 마다한 채 걷고 또 걷는다. 그는 추위와 눈과 서리, 혹은 비가 심심치 않게 찾아드는 풍경을 건너지른다. 나침반이 그의 걸음을 인도한다. 저녁에는 주인을 알 수 없는 시골 별장 대문을 부수고 들어가기도 하고 외양간 짚더미 속에 파묻혀 자거나 여인숙의 방을 얻기도 한다. 발은 부어 얼얼해지고 기운은 빠질 대로 다 빠지고 많은 경우 몸이 싸늘하게 식거나 비에 젖은 채, 때로는 영문을 알 수 없는 밤의 소리나 기척에 깜짝깜짝 놀라면서 그는 믿을 것이라고는 오직 지극한 마음 하나뿐인 인간의 모든 수단을 다하여 친구의 죽음과 싸우며, 시간과 싸우며 걷는다. 이처럼 한겨울 길을 걷는 이야기는 기진한 나머지 무너져가는 중인 한 황폐한 세계를, 시간과 공간이 한데 뒤섞인 듯한 환각 속의 강행군을 환기하는 수많은 기록들로 다져져 있다. 오직 길을 걷고 있는 사람의 눈에만 보이는 영적 예감의 세계 말이다. 왜냐하면 그 도보여행자는 이제 사회라는 무대에서 세찬 조명을 받으면서 자신의 역할을 하고 있는 것이 아니라 여러 세계들 사이에서, 도시들과 마을들의 틈새에서 대지를 껴안고 몸부림치며 그 힘겹고 오랜 육탄전을 통하여 공간을 전신으로 길들이면서 너무나도 인간적인 걸음걸이로 길을 줄이고 있기 때문이다. 그는 여러 가지의 기이한 상황들, 인간과 동물, 때로는 심지어 풍경 그 자체의 엉뚱한 행동들을 목도하게 된다. 마치 그 정도로까지 치열하게 이 세계의 무거움에 몸을 미끄러매고 있다보면 그 세계에 던지는 단순한 시선만이 아니라 어떤 투시력까지도 얻게 된다는 듯이 말이다. 모든 것을 다 집어치우고 그냥 파리로 가는 기차에 올라타버리고 싶은 유혹이 간단없이 일어났지만 허조그는 결국 로테 아이스너의 병상 머리맡에 도착하게 된다. '그러자 그녀는 그 섬세한 미소를 지으면서 나를 바라보았다. 그녀는 내가 걸어다니는 사람, 다시 말해서 무방비 상태의 인간이라는 것을 알고 있었으므로 내 마음을 이해했다. 지극히 미묘한 아주 짧은 순간 동안 부드러운 그 무엇이 지치고 지친 내 몸을 통과해서 지나갔다. 내가 그녀에게 말한다. 창문을 열어요. 잠시 전부터 나는 훨훨 날 줄 알게 되었어요.' [101]

걷는 사람의 발소리는 조용하고 태연하며 겉치레가 없다. 걷는 사람은 항상 불시에 도착한다. 그가 눈앞에 도착하기에 앞서 다른 소리가 먼저 오는 법이 없다. 그는 예기치 않은 장면, 혹은 평범한 일상의 장면 속으로 문득 들어온다. 그는 잠이 든 마을로, 혹은 한창 일에 몰두하고 있는 마을로 마치 도둑처럼 지나간다. 어린아이들은 놀고 있고 개들은 누가 오나 지키고 있으며 창문에 흔들리고 있는 커튼 저 너머로는 조심성 없는 방 안 정경이 들여다보이고 남자 여자들은 정원을 가꾸거나 들에서 일을 하거나 나무를 베고 있다. 그가 지나갈 때 잠시 동안 사람들은 목소리를 낮춘다. 그는 사람들의 주의가 자신에게 쏠리고 있음을 안다. 이처럼 문득 나그네의 눈에 노출된 붙박이 마을사람들은 호기심과 은근한 예절 두 가

Peter Henry Emerson, *Buckenham Ferry, Norfolk*, 1893

지 중에서 어느 쪽으로 쏠려야 좋을지 망설인다. 농가 마당에서 암탉들이 모이를 쪼고 있다. 거름더미에서는 멀리까지 냄새가 풍기고 외양간에서는 가축들이 나직하게 수런거리는 소리가 들린다. 농부가 우유 담긴 솥을 들고 나온다. 줄에 널린 빨래가 바람에 펄럭인다. 카밀로 호세 세라는 타라세나에 도착하지만 살아 있는 것이라곤 고양이 한 마리 얼씬거리지 않는다. '오후 네 시의 해는 쨍쨍 내리쬐는데 오직 어린아이 하나만이 심드렁한 얼굴로 살구씨 몇 알을 가지고 놀고 있다. 노새가 끄는 수레 하나, 수레를 벗어놓고 수레채는 땅바닥에 팽개쳐진 채 작은 광장 한가운데서 햇빛에 자글자글 끓고 있다. 암탉 몇 마리가 거름더미를 쪼고 있다. 빨아 넌 셔츠 몇 벌이 어느 집 담벼락에서 마르고 있다. 마분지처럼 거칠고 뻣뻣한 셔츠들이 눈처럼 하얗게 빛난다.' [102]

로리 리는 추수하는 사람들과 마주친다. '내가 그들 가까이 가자 남자들이 허리를 펴고 일어나 눈 위로 손을 뻗어 햇빛을 가리며 아무 말 없이 내가 지나가는 것을 바라본다. 또 어떤 때는 팔을 쳐들어 내게 인사를 했는데 그럴 때면 햇볕에 탄 그들의 손에 쥐여서 빛나는 낫이 마치 구부정한 모습으로 번쩍이는 여섯 번째 손톱 같아보였다.' [103]

틈새의 세계를 자주 드나들다보면 길의 이면—현실적인 동시에 상징적인 의미에서—이 또한 드러난다. 몇 가지 흔적들이 남아 있을 뿐인 저 조용한 극적 사건들 말이다. 어느 날 베르너 허조그는 거의 새것이나 다름없는 여자용 자전거 한 대가 시냇물 속에 던져져 있는 것을 보았다. 무슨 범죄나 싸움 같은, 누구도 내놓고 말하지 않는 마을의 비극이 벌어진 것이 아닌가 하는 마음에서 그는 오랫동안 의문에 잠겨 있었다.

제3자의 입장이 되어 비껴 지나가는 나그네는 사람들의 의심을, 나아가서는 적대감을 사기 쉽다. 자동차도 타지 않고 걸어서 지나가는 나그네를 보고 어쩐지 불안해진 나머지 경찰이 출동하는 열성을 보이는 경우도 있다. 몇 년 전 파리 근교 베즐레로부터 콤포스텔라를 향하여 걸어서 순례여행을 떠났던 피에르 바레와 장 노엘 귀르강은 매우 언짢은 경험을 한다. 그들은 아홉 번이나 검문을 받았다. 자동차도 타지 않은 채 배낭을 메고 길을 가는 이 두 사람을 수상히 여긴 사람들에 의하여 여러 번 당국에 익명으로 고발당하기도 했다.[104]

그러나 역설적으로 다른 곳으로부터 와서 그저 비껴 지나가는 것뿐이라는 사실 때문에 사람들의 굳게 닫혔던 입이 열리고 즉각적인 접촉이 더 쉬워지는 경우도 없지 않다. 서로 아는 사이가 아니어서 기껏해야 몇 시간 뒤면 저마다 멀리 떠나 있으리라는 것을 잘 알기 때문에 만남이 더욱 용이해지는 것이다. 몇 마디 말을 주고받고 물이

135

나 포도주 한 모금, 빵 한 조각이나 인근 식당에서 음식한 접시 같은 호의를 교환할 뿐만 아니라 덤프트럭이나트랙터를 얻어타고 길 한 토막을 같이 가고 때로는─걷기의 윤리에 약간 저촉되긴 하지만─한동안 차를 함께타고 가기도 한다. 같은 샘이나 시내에서 같은 물을 마시고 아침 이슬 자욱한 풀숲에서 옷을 적시며 한뎃잠을 나누고 강가에서 함께 잠이 깨는 것이야말로 이렇다 할 결과는 없지만 지울 수 없는 추억을 남기는 뜨내기들의 덧없는 우정, 바로 그것이다.

산책

산책은 걷기의 단순하지만 근본적인 형식이다. 산책은규칙적으로, 혹은 사정에 따라 우연히 실천하게 되는 개인적인 의식과도 같은 것이다. 혼자 혹은 여럿이서 하는산책은 숨을 가다듬기 위한, 시간을 길들이고 인간적인높이에서 지각되는 어떤 세계를 기억하기 위한, 휴식, 말,혹은 목적 없는 거닐음에로의 고요한 초대다. 독일의 철학자이며 칸트의 친구인 셸은 1802년 자신의 전공 분야와일상생활을 서로 조화시켜보려는 생각에서 산책을 하나의 예술로 간주하는 짧은 개론서를 썼다. 저자에게 산책은 육체적인 동시에 지적인 활동으로 감각과 정신의 각성을 전제로 한다. '한 개인의 고유한 본성, 고유한 생각들은 오직 다른 정신들을 피하여 자기 자신과 정대면하는 상태를 되찾았을 때에야 비로소 발전될 수 있다.' [105] 육체와 정신의 여러 가지 요구들은 서로 일치하여 장소에 따라 다른 세계에 대한 주의를 동원한다. 셸은 말한다. '인적이 드문 들판에서 산책을 할 때는 비록 혼자가 아니라 하더라도 자연에 대한 인상이 지배적이 된다. 반대로 도시를 끼고 도는 오솔길에서는 비록 혼자서 하는 산책일 때에도 영적 감각을 지배하는 것은 사회생활에 대한 생각들이다. 그것이 비록 그 장소에서 얻어지는 인상 때문이라 할지라도 그렇다.' [106]

산책자는 장소들의 거울과도 같은 존재다. 비록 그의 정신상태가 그의 눈에 보이는 것에 어느 정도 영향을 끼치게 되는 것이 사실이지만. 소로는 내면적인 필요 때문에 하루에 적어도 네 시간은 걸어야 한다. 오후가 저물어 갈 때까지 볼일 때문에 방 안에만 처박혀 있게 되면 몸이 녹슬어버리는 것만 같아서 괴롭다는 것이다. 그의 생각으로는 걷는 것이 잠자는 것 못지 않게 절박한 것이다. 어떤 장소들을 거쳐서 걸을 것인가를 선택하는 일이 때로는 그리 쉽지 않다. 그러나 소로는 '자연 속에는 미묘한 자기(磁氣) 같은 것이 존재하므로 우리가 아무 생각 없이 그것에 몸을 맡겨놓게 되면 그 자기가 올바른 길을 인도해준다고 믿는다. 이 코스로 가느냐 저 코스로 가느냐는 무시해도 좋은 것이 아니다. 가보면 좋은 코스가 있는 것이다. 그런데 우리는 부주의해서, 혹은 어리석어서 흔히 좋지 못한 코스를 선택하는 경향이 있다. 분명 우리는 이 세상에서 우리가 한 번도 택하지 않았지만 이상적인 내면의 세계에서 밟아갔으면 싶은 오솔길의 완벽한 상징인 어떤 길을 골라 걸었으면 좋겠다 싶은 것이다.' [107]

또 소로는 우리가 이미 가본 장소들이 변신하는 자질에 대하여, 그리고 특히 우리들이 사는 곳에서 가까우면서도 아직도 발견해내어야 할 장소들이 엄청나게 많다는 사실에 대하여 기막히게 말한다. '내가 전에는 한 번도 보지 못했던 평범한 농가 하나가 다호메 왕의 영지 못지않은 가치를 지닐 수 있다. 실제로 반경 십 마일 안에 있는, 다시 말해서 오후의 반나절만 걸으면 닿는, 한계 안에 있는 어떤 풍경의 가능성과 한 인간의 일생인 칠십 년 사이에는 우리가 눈여겨볼 만한 어떤 조화관계가 존재한다. 그 풍경과 완전할 정도로 친숙해진다는 것은 불가능하다.' [108]

산책은 친숙한 것의 낯설음을 고안해낸다. 산책은 디테일들의 변화와 변주를 민감하게 느끼도록 함으로써 시선에 낯섦의 새로움을 가져다 준다.

글로 쓰는 여행

여행은 어떤 것이나 다 담화요 이야기다. 그 중 하나는 여행 중 끊임없이 상상 속에서 떠올리는 앞쪽 담화 혹은 이야기이며 다른 하나는 여행이 끝난 다음인 나중에, 지나다가 마주친 사람들, 집에 돌아와 만난 친구들, 혹은 아직도 가고 있는 길 위에서 만난 친구들에게 들려주는 뒤쪽 담화 혹은 이야기다. 글쓰기는 길을 가는 동안 수집한 수많은 사건들의 기억, 숱한 감동들, 그리고 느낀 인상들이다. 그것은 여행자가 시간의 한계로부터 벗어나 그 시간을 공책의 페이지들로 탈바꿈시켜가지고 나중에 향수에 젖으며 그 시간으로 되돌아가보는 방식, 텍스트 여기저기에 점철된 수천 수만 가지의 표적들 덕분으로 그 시간을 추체험하는 한 방식이다. 기억이란 그것대로 한계를 가진 것이기에 우리가 걷는 동안 경험한 것들 중에서 까맣게 잊어버리고 만 것들의 전체는 우리들 앞에 보잘것없는 몇 토막이 남았을 뿐인 기록의 합에 비긴다면 어지러울 정도로 그 수가 많은 것이다. 길을 가면서 일기를 쓰게 되면 그때의 우여곡절들을 규칙적으로 기록하고 또 더듬어온 길들을 회상해보거나 과거의 에피소드들을 상기해보기 위한 독서에 바쳤던 노력 덕분에 그 도보여행은 그만큼 더 생생하게 기억 속에 남는다. 물론 세

M.Nadar, *M.chevreul on His Hundredth Birthday*, 1886

월이 흐르면서 상상이 실제 경험과 뒤섞이고 간결하게 기록한 몇몇 문장들에서는 실제로 표현된 것 이상의 암시가 느껴지는 것이 사실이다. 그렇지만 적어도 글 속에는 여행으로부터 축적된 수많은 이미지가 저장되어 있는 것이다. 아무런 기록도 하지 않고 사진도 찍지 않은 도보여행을 했을 경우, 그 여행을 재구성하기 위한 기억의 노력은 몇 가지 잊지 못할 우여곡절들을 제외하고는 실패로 돌아갈 수밖에 없다. 루소는 고백록을 집필하면서 그에게 도보여행은 끝없는 행복의 시간이었는데도 불구하고 그때에 느꼈던 인상들을 기록해두지 않은 것을 몹시 후회한다고 적고 있다. '내가 이제는 더 이상 기억하지 못하게 된 삶의 소소한 일들 중에서 내가 가장 아쉽게 느끼는 것은 여행일기를 적어두지 않았다는 것이다.'[109]

카잔차키스는 여러 해가 지난 뒤에도 거의 변한 것이 없는 필체로 휘갈겨 쓴 학생 노트들을 문득 발견하게 됨으로써 각 개인에 관계된 경험을 그의 회고록에서 고스란히 되살려낼 수 있었다. 옛 모습 그대로 고스란히 남아 있는 기억의 세계 속으로 불현듯 다시 빠져 들어가면 문장 하나하나마다에서 그때의 미세한 감각들이 생생하게 되살아난다. '나는 노랗게 바랜 여행수첩을 뒤적여본다. 그러니까 어느 것 하나 죽어 없어진 것은 없는 것이다. 모든 것이 내 속에서 잠들어 있었다. 이제 이렇게 그 모든 것이 깨어나서 반쯤 지워진 해묵은 페이지들로부터 솟아올라 다시 수도원이 되고 수도사가 되고 그림들과 바다가 되다니! 그리하여 나의 친구도 그때의 아름답던 모습 그대로, 꽃다운 청춘의 모습 그대로, 독수리 같은 푸른 눈으로 시가 가득한 가슴으로 빛나는 미소를 지으며 땅속에서 다시 솟아오른다.' [110)

퇴퍼는 늙어가면서 건강상의 문제로 몸을 움직일 수 없게 되자 친구들, 제자들과 발끝 닿는 대로 자유롭게 하던 여행을 포기하지 않을 수 없게 된다. 그래서 붓에 의지하여 종이 위로 전진하는 글쓰기의 여행이 길 위의 여행을 대신할 수밖에 없다. '여행자의 지팡이를 손에서 내려놓고 나서 이 글을 쓰는 사람은 쉽사리 그 지팡이를 다시 잡게 될 것 같지 않다는 것을 슬픈 마음으로 예감한다. 바로 그러한 예감 속에서, 그는 산악탐험 시절에 자신이 밟아 갔던 길로 들어서고 싶어질 훗날의 사람들을 위하여 여러 가지 추억과 경험의 이야기를 이 기록 속에 담아두고자 한 것이다.' [111)

다행스럽게도 걷기의 이야기들은 여행문학의 가장 핵심적인 한 장을 이룬다. 지금 이 글 속에서 나와 함께 길을 가고 있는 수많은 저자들이 실제로 그 점을 웅변으로 증언하고 있지 않은가. 로테르담으로 떠나기 위하여 영불해협을 건너는 배에 오르는 즉시 P.리 퍼모는 살롱에 자리를 잡고 여행일기를 꺼내어 그 첫줄을 쓰기 시작한다. 세례의 순간인 진정한 출발은 그런 텍스트의 첫줄에서 시작된다. 불행하게도 그는 나중에 일기를 뮌헨의 어느 여인숙에서 배낭과 돈과 함께 도둑맞고 만다. 그러나 P.리 퍼모는 실망하지 않고 곧 다른 노트에다가 글을 쓰기 시작한다. 우리는 사실 글을 쓰기 위해서 걷는다고도 할 수 있다. 이야기하고 이미지들을 포착하고 감미로운 환상에 빠져들기 위하여, 추억과 계획을 쌓기 위하여 걷는 것이다.

걸을 수 있는 세계는 줄어들고

길에 걸어다니는 사람이 사라지고 오직 자동차들만 씽씽 달리게 된 지는 그리 오래되지 않는다. 우리 조상들에게는 걷는 것이 장소를 이동하는 데—심지어 긴 여행에 있어서까지도—필수적인 것이었다. 그런데 걷는 것이 오늘날에 와서는 원칙적으로 하나의 선택이 되고 말았다. 심지어 그것은 우리 사회의 특징인 육체의 기술적 무력화에 대한 저항의 한 고의적 형태로까지 발전했다. 걷기가 도시 안에서, 혹은 도시와 마을들 사이에서 이동수단으로서는 아직 가장 핵심적인 것으로 남아 있지만 그게 실제로는 생각도 하기 어려운 것이 되어버렸다. 아직도 옛 습관을 버리지 못하고 걷는 보행자가 있다해도 그를 차도에서 격리시켜주는 보호장치가 없는 경우가 많은 것이 사실이다. 반면에 이 세상의 대다수 지역에서 보행자들은 아직도 그 얼마 안 되는 공간을 차지하려고 버스, 자동차, 그리고 수많은 이륜차들과 경쟁하고 있다. 아시아, 라틴아메리카, 아프리카에서는 사람이 가장 많이 다니는 길들에서까지도 항상 각종 차량들이 보행자들, 심지어는 가축 떼와 그 가축들을 지키는 목동들과 서로 마주치며 혼잡을 이루고 있다.

30년대에 길을 나선 로리 리는 많게든 적게든 이미 길 걷는 데 이골이 난 보행자들을 수없이 많이 만난다. 떠돌아다니는 사람들, 특히 일자리를 찾아다니는 많은 실업자들이 있었다. '직업적인 사람들은 어렵지 않게 서로를 알아보았다. 그래서 그들은 길가에서 차를 끓였고, 그런 형편을 좋은 쪽으로 생각하려고 노력하면서 자기 발이 괜찮은지를 유심히 살폈다. 그 밖의 다른 사람들은 몽유병자들처럼 하염없이 걸어다녔다……. 어떤 사람들은 연장통이나 보기에도 한심한 마분지 상자를 메고 다녔다. 또 다른 사람들은 그저 평소에 입던 옷 쪼가리를 등에 걸친 것이 고작이었다.' [112)]

오늘날의 걷는 사람들은 전과 같지 않다. 원칙적으로

길에는 걷는 사람이 없고 오직 자동차들만이 지배하는 공간이 되었다. 길의 문화는 달라져서 여가로 변했다. 비록 오늘날까지도 방황하는 젊은이들[113]과 거주할 곳이 없는 유랑자들(다시 말해서 가진 것이라곤 몸 하나 뿐인 떠돌이)의 수는 엄청나게 많지만.

도시지역이 증가하고 고속도로가 사람 걷는 길을 끊어 놓고 TGV의 철로나 흙길을 정비하여 닦아놓은 도로가 숲속으로까지도 차의 접근을 가능하도록 만드는 바람에 사람이 걸을 수 있는 세계는 날로 좁아진다. 어떤 지역의 관광수입 증가는 흔히 도로 기반시설의 정비를 전제로 한다. 그런데 이런 시설에 관심을 쏟는 사람들은 보행자를 고려에 넣지 않는다. 그들이 볼 때 보행자란 특별히 할당해놓은 지역에서만 걷는 것에 만족하는 경우 이외에는 시대착오적인 인물로만 생각되는 것이다. 자동차를 숭상하는 문화가 도처에 만연하여 걷는 사람들이나 자전거 타는 사람들에게 필연적으로 적대적일 수밖에 없는 세계를 만들어낸다. 산책, 뜻밖의 일, 발견을 위하여 개방된 불확정의 공간들은 현저하게 줄어들고 있다. 미국에서 E. 애비는 지난날 오직 자연을 사랑하는 사람들만이 방문하고 자기 자동차를 세워놓은 곳으로부터 여러 킬로미터씩이나 근원적인 낯설음을 찾아서 걱정 없이 걸어다녔던 기막힌 공간들이 구획정리되는 것을 보고 애석한 마음과 개탄을 금치 못한다. 십 년 동안에 아르슈(Arches)의 국가 지정 유물을 찾아오는 방문객 수가 연간 수천에서 수십만 명으로 증가했다. 자동차로 접근할 수 있도록 도로를 만들고 기반시설을 구축한 결과 명상과 침묵의 장소들이 TV, 라디오, 오토바이, 자동차 등의 소음이 진동하는 거대한 캠핑장으로 변해버렸다.

관광산업은 희귀하고 소중한 여러 장소들을 소비에 내맡긴다. 그러나 그 결과 그 장소들은 본래의 아우라가 파괴된 진부한 공간으로 전락한다. '수백만 년 동안 자연에 내맡겨져 있던 아르슈에 마침내 진보라는 것이 도착했다. 관광산업이 거기까지 온 것이다.'[114] E.애비는 이렇게 고독, 침묵, 아름다움을 보증해주는 여러 시간 동안의 도보여행 끝에야 겨우 접근할 수 있었던 수많은 비경들을 열거하면서 그 비경들이 이제부터 거침없이 그곳에 이를 수 있도록 해주는 도로들 덕분에 자동차를 타고 찾아드는 군중들에게 넘어가면서 걷는 사람들을 영원히 추방해버렸음을 고발한다. 애비는 미국의 국립공원과 삼림 전체가 결국은 같은 운명을 맞이하지 않을까 우려한다. 이런 현상의 활력원은 바로 접근 가능성이다. 어떤 장소가 자동차로 접근 가능해지고 나면 즉시 차를 탄 수많은 방문객들이 몰려든다는 것은 불을 보듯 뻔한 일이다. '접근 가능성이란 무엇을 의미하는가? 이 세상 어느 곳인들

Coburn, *Trinity church*, 1912

발과 다리와 가슴이라는 가장 단순한 수단에 의한 접근이 가능하다는 것을 인간들이 증명해보이지 않은 곳이 어디 있던가.'[115] 어떻게 하면 사람들을 그들의 자동차에서 끌어내려가지고 땅 위에 발 딛고 서게 만들 수 있을 것인가? 어떻게 하면 그들이 다시금 스스로 발 딛고 서 있는 대지를 느낄 수 있게 할 것인가? 그러면 '저 파이어니어의 후예들은 신체적으로 피곤하다고 불평할 것이다. 그러나 오랫동안 불평하지는 않을 것이다. 그들도 일단 다양하고 자발적이며 적극적인 방식으로 자신의 사지와 오감을 진정으로 작동하는 즐거움을 발견하고 나면 오히려 자신들의 자동차로 되돌아가야 한다는 것이 아쉬워 불평하게 될 것이다.'[116]

산악의 구획정리 사업계획에 반대하며 창의, 발견, 유희, 자유를 부르짖으며 불확정의 지역과 텅 빈 공지를 요구하는 『마운틴 와일더니스(Mountain Wilderness)』의 운동방식은 이 세계 전체에 다같이 의미 있는 일이다. 오늘날 우리가 목격하고 있는 공간의 합리화와 생산성 제고라는 발상으로 인하여 인간이 속박당하지 않고 고독 속에서 활짝 피어날 수 있는 장소들을 다 잃어버리지 않기 위하여 참으로 의미 있는 일이다.

지평을 걷는 사람들

Smara

편안한 날들에 우리가 그토록 걱정하는 이 연약한 몸 ― 우리의 재산. 다시는
원상 회복되지 않는 이 치아, 이 머리털, 이 주름살, 하루하루 닳아지고 있는
이 재화, 이 재산, 허물어져 부서지는 것이기에 우리가 언짢아하며, 아쉬워하
며, 슬퍼하며 생각하는 이 연약한 몸. 여기서는 단순한 행위의 도구. 너는 마치
물건을 살 때 쓰는 돈같이 취급되고 있구나. 그렇지만 우리가 구입하는 물건들
은 우리 필멸의 생존을 위하여 금고 속에 보관해놓으니 없어지지 않는데.
                                            ―미셸 비외샹주, 『스마라, 여행 노트』

카베사 데 바카*

카베사 데 바카는 1527년 스페인의 안달루시아를 출발점으로 하여 플로리다를 향해서 먼 길을 떠난다. 그는 어떤 원정대의 회계담당이 된 것이다. 숱한 우여곡절과 난파, 그리고 인디언들과의 충돌을 거쳐 카베사와 그의 여러 동지들은 사로잡힌 몸이 되어 서로서로 헤어진 채 굴욕적으로 고단하고 천한 일을 강요당한다. 카베사는 아예 스페인 귀족 신분임을 까맣게 잊은 채 전복이나 조개를 따서 가죽, 염료, 규석 따위와 물물교환하면서 이 마을 저 마을로 떠돌아다니는 등짐장수로 변신한다. 이

---

* 이 장(章)은 내가 자의적으로 택한 것이다. 다른 많은 이야기들이 이 장의 자리를 차지할 수도 있으리라. 그러나 나는 특히 카베사 데 바카, 리처드 버튼, 르네 카이에 혹은 미셸 비와샹주 같은 사람들에 대해서 느끼는 유별난 매혹을 말하고 싶었다. 그들은 극한적인 걷기와 모험, 그리고 거기에 필요한 숨결, 너그러움, 절대의 모범적 표상이다. 이 인물들에 대하여 나는 경이로움을 감출 길이 없다. 그래서 그들에 대하여 글을 쓴다는 것은 내 마음을 떠나지 않는 어떤 공모관계를 설정하는 것을 뜻한다. 이렇게 되면 내가 말하지 않은 다른 사람들에 대해서는 불공평해지는 셈이지만 이 방면에 있어서 하나도 빼놓지 않고 다 말하는 것은 별 의미가 없을 것이다.

* 카베사 데 바카(Cabeza de Vaca)는 16세기의 항해사며 식민지 개척자였다. 1527~1529년 사이에 플로리다 원정대의 일원으로 참가하였다가 살아 남은 극소수의 몇 사람들 중의 하나였다. 5년 동안 원주민들에게 용한 의원으로 통하면서 미시시피, 아칸소, 콜로라도, 뉴 멕시코, 애리조나, 캘리포니아 등지를 걸어다니며 탐험했다. 후일 파라과이 총독으로 임명되었으나 전제적인 통치방식 때문에 해임, 스페인으로 소환되었다가 아프리카로 귀양갔다. 자신의 뜻을 널리 알리기 위하여 1555년에 회고록을 썼다 —옮긴이 주

런 꾀를 써서 그는 끈기 있게 이 지역을 두루 누비고 다니며 탈출할 길을 찾는다. 그는 그처럼 적대적인 환경을 길들여 조금씩 조금씩 누그러뜨리는 가운데 기근과 추위를 극복해나간다. 사면의 벽이 가로막고 있는 협소한 감옥이 아니라 오로지 거기서 벗어나고 싶어하는 개인의 의지 때문에 울타리 아닌 울타리가 생긴 저 적대적이고 광대한 공간으로부터 어떻게 하면 해방될 수 있을 것인가? 도망갈 수 있는 유일한 방도는 수천 킬로미터나 떨어져 있는 스페인 기관들을 향하여 걸어가는 길뿐이다. 그렇게 먼 곳을 걸어서 간다는 것은 거의 불가능에 가까운 일일 뿐만 아니라 그 노정 또한 너무나 불안하여 예측할 수 없는 것이다. 6년이라는 기나긴 세월 동안 카베사는 인내심을 가지고 조직적으로 준비를 한다. 그때 그는 옛 동지들 중 세 사람이 인근에 있는 어떤 마을에 노예로 잡혀 있다는 사실을 알게 된다. 그래서 그는 그들을 찾아가 만난 후 자신과 함께 떠날 것을 은근히 제안해본다. 그러나 사로잡힌 신세로서 견디기 힘든 고통과 굴욕, 그리고 죽음의 위협에 끊임없이 시달리고 있는 것이 사실이지만 무엇보다 신중을 기하지 않으면 안 된다.

그런데 인디언들이 너그럽게도 그들에게 병든 사람을 치료하는 용한 능력이 있다고 인정해준 덕분에 이들 네 사람은 결국 해방된 몸이 된다. 그들은 이리하여 기적을

Bourne, *Lepcha Man*, 1868

행하는 사람들이라는 명성을 앞세워 이 마을에서 저 마을로 걸어간다. 그들은 인디언들의 인심 좋은 대접에도 불구하고 배고픔과 추위를 견디지 않으면 안 된다. 말할 수 없이 고단한 긴 여행 끝에 그들 네 사람은 플로리다해안에서 태평양연안까지 북아메리카 대륙의 도보횡단에 성공한다. 카베사 데 바카의 그 아름다운 책은 인간의 한계를 넘는 이 도보여행의 과정에 대해서는 아무런 언급이 없다. 그들은 우리 동시대 사람들과는 달라서 자신들의 수훈을 내세워 자랑하지 않는다. 위험은 그저 위험일 뿐인 것이다. 자신의 행동을 남의 눈에 잘 보이도록 연출하는 일 없이 간결 소박한 진술을 통해서 인디언들과의 어려운 관계나 그들의 풍속, 스페인 군대의 잔혹함, 배고픔, 추위, 영원히 스페인으로 돌아가지 못하면 어쩌나 하는 두려움을 말하려고 노력할 뿐이다. 거기에 표현된 일련의 고통들 속에서 구체적인 개개인의 모습은 지워지고 보이지 않지만 그 글에서 꾸밈없이 드러나고 있는 것은 인간의 향수와 살아남으려는 욕망 바로 그것이다. 신에 대한 믿음은 흔들림이 없지만 그래도 이 사람들은 계속하여 하늘이 그들을 도울 수 있도록 집요하게 스스로를 돕는다. 카베사는 신의 자비를 찬양할 뿐 자신의 용기나 인내를 뽐내지 않는다. 십 년 가까운 세월 동안 사로잡힌 몸이 되었던 이들 네 사람은 지칠 대로 지친 몸이 되어 마침내 콤포스텔라에 도착한다. 9년 전에 스페인 땅을 떠났던 6백 명 중에서 살아 남은 사람은 오직 그들 뿐이다.

톰북투[117)]를 향해서 걸어가다

르네 카이예(René Caillié)는 되 세브르의 빈한한 가정에서 태어났는데 어린 나이에 부모를 여읜다. 삼촌의 손에 거두어져 자라는 동안 그는 읽기와 쓰기를 배우고 손을 놀려 일하는 직업훈련을 받는다. 그러나 책읽기를 너무나 좋아하는 바람에 다른 사람들과 잘 어울리지 못한 채 외톨이가 되어 여행과 탐험을 꿈꾸며 지내다가 마침내 그의 보호자를 설득하는 데 성공하여 1816년 세네갈로 떠나는 루아르호 선상에 오를 수 있는 허락을 받는다. 그는 가진 것이 아무것도 없는지라 먼 길을 떠나기 전에 모제(Mauzé)마을 사람들이 돈을 모아 신발 한 켤레를 마련해준다. 아프리카 세네갈의 항구도시 생 루이에서 카이예는 건장한 아프리카 사람들과 함께 다카르를 향하여 걸어간다. 그 머나먼 노정은 혹독한 경험을 강요한다. 일생 처음으로 그는 극도의 피로, 더위, 갈증, 발이 푹푹 빠지는 모래, 그리고 도보여행자들이 입게 마련인 온갖 상처를 골고루 경험한다. 그러나 카이예는 다카르에서 출발하여 조심스럽게 내륙지역으로 들어가는 원정대에 합류하지 못한다. 1819년에 그는 유럽 출신의 대상(隊商)들 속에 끼여 매우 고통스러운 고비들을 넘긴다. 카이예는 참을 수 없는 갈증에 시달리지만 물을 달라고 요구하지도 못한 채 꾹 참고 자리를 지킨다. '그때 이후 나는 눈빛이 험상궂으며 혀를 입 밖으로 내밀고 숨을 헐떡거린다는 말을 들었다. 나로서는 길을 가다가 멈추어 쉴 때면 힘이 빠져서 땅바닥에 털썩 주저앉은 채 무얼 먹을 힘조차 없던 기억이 생생하다.' [118] 그 작은 무리는 머지 않아 어떤 추장의 손안에 들어가서 무엇보다도 오랜 시간 동안 고의적으로 물을 주지 않는 학대에 시달린다. 그래도 기진맥진한 채 병든 몸으로 카이예는 자신의 꿈을 포기하지 않고 안전한 곳으로 돌아온다. 유럽인들과 더불어 행동했던 시도가 실패로 돌아가자 그는 무서운 생각을 품게 되었는데 그것이 결국은 큰 도움이 되었다. 원주민들에게 증오심을 자극하지 않은 채 아프리카 내륙으로 들어가려면 아랍어를 배울 필요가 있다는 것을 깨달은 것이다. 1824년 그는 다시 여행을 시작하면서 만나는 회교도들에게 우연히 코란을 읽어보았더니 진정한 신이 어디에 있는지 깨닫게 되었다고 말했다. 그리고 최근에 아버지가 돌아가셔서 자신은 집안에 대한 의무로부터 벗어날 수 있게 되었고 경제적으로 여유가 생겼으므로 생

Tombouctu

루이에 가면 훌륭한 가르침을 받을 수 있다는 말을 듣고 배움을 찾아 그들에게 왔다고 털어놓았다. 이처럼 돈이 많을지도 모른다는 인상을 은근히 심어주고 머지않아 개종할 것처럼 암시하여 저들의 허영심을 자극한 결과 브라크나족은 카이예를 쉽게 받아들여 장차 그의 영적 스승들이 된다.

그를 톰북투로 인도하는 이 우회의 길 초장부터 카이예는 그의 여행 전체에 걸쳐서 교차하게 되는 후대와 멸시를 번갈아 경험한다. 생 루이를 떠나면서부터 어두운 밤길을 걸은 탓으로 양쪽 발 도처에 가시가 박힌다. 어떤 노인이 그의 발을 붙잡고 가시를 하나하나 뽑아준 다음 자신의 보잘것없는 잠자리를 내준다. 그런가 하면 나중에 찾아들게 된 어떤 야영지에서는 수많은 사람들이 달려들어 그를 조롱하고 몇 번씩이나 되풀이하여 회교도가 될 것을 서약하라고 강요하고 장차 할례를 할 것인지 물으면서 팔다리를 잡아당긴다. 참다못해 그가 화를 내자 그제서야 잠잠해진다. 그러나 그 이튿날 그는 또다시 구경거리가 된다. '이 기독교도 꼴 좀 봐!' 그리고 다시 조롱이 시작되어 아이들이 그에게 돌을 던진다. 어른들은 말릴 생각을 하지 않은 채 재미있다는 듯이 구경만 하고 있다. 만나는 사람들에 따라 친절한 배려와 학대가 교차한다.

카이예는 '벌벌 떨면서, 또 이를테면 뛰어가면서' 남몰래 적어 놓은 노트를 기초로 하여 프랑스에 돌아온 다음에 여행기를 쓴다.[119] 사실, 그는 자신이 둘러댄 술책이 백일하에 드러날 염려가 있으므로 어느 한순간도 긴장을 늦출 수가 없는 것이다. 그는 주민들의 여러 가지 풍속, 자신이 거쳐온 지역의 지리, 식물상 등을 풍부하게 기록하고, 길을 가면서 겪은 개인적인 에피소드들을 빠짐없이 하나하나 들려준다. 겉으로 회교를 믿는 체하다 보니 식사를 하지 못하고 굶을 수밖에 없는 때가 있는데 그가 처한 열악한 생활조건에서 그것은 여간 고통스러운 일이 아니다. 그가 옮겨가는 곳마다 수다한 질문을 퍼부어대며 못살게 굴고 꼬집고 떠밀고 잠을 못 자게 하는 등 온갖 방법으로 그를 괴롭히는 사람들에게는 이슬람 성자의 권위도 별로 먹혀들지 않는다. 가는 곳마다 카이예는 모여든 군중들에게 내맡겨진 채 구경거리로 변한다. 그러나 그는 아랍어와 이슬람교를 터득하여 머지않아 생루이로 돌아온다.

그는 프랑스 당국에 톰북투로 돌아갈 수 있도록 도와줄 것을 호소하나 거절당한다. 그래서 그는 시에라 레오네에 있는 염료공장에서 일을 한다. 그는 영국사람들에게 호소해본다. 그들은 상당한 관심을 가지고 그의 말에 호의적으로 귀를 기울이기는 하지만 일체의 지원은 거절한다. 랭(Laing) 소령이 이미 그와 똑같은 야심을 품고 덤벼들었는데 그의 노력에 누를 끼치면 안 되기 때문이다. 카이예는 그 일을 불쾌하게 생각하지는 않지만 혼자라는 기분을 뼈저리게 느끼지 않을 수 없다. 그러나 파리 지리학회가 톰북투에 발 들여놓는 최초의 유럽인에게 상을 주기로 했다는 사실을 알게 되자 그는 비록 랭 소령이 앞서긴 하지만 세네갈에 도착한 이래 그의 길을 가로막는 그 모든 함정들에도 불구하고 기필코 자신이 선두주자가 되겠다고 결심한다. 프리타운에 머무는 동안 그는 자신의 내륙 침투계획을 정당화하는 시나리오를 만들어놓는다. 그는 원래 이집트 태생이었는데 본의 아니게 어린 나이에 프랑스 군대에 의하여 납치당하는 바람에 낳아준 부모의 품을 떠나게 되었다는 식으로 자신의 과거를 소개한다. 그리하여 프랑스에서 성장한 그는 최근 주인의 사업문제를 해결하기 위하여 세네갈에 파견된 것이다. 그러나 그는 이 기회를 틈타서 이집트로 돌아가 자신의 부모가 아직도 살아 있는지 알아보고 본래의 종교를 되찾고자 한다고 말한다. 그렇긴 해도 그는 '기독교의 신에게 가장 열렬한 기도'를 드리면서 부디 자신의 여행에 축복이 있기를 빈다.[120]

1827년 4월 19일 그는 소규모 캐러밴 속에 섞여서 톰북투를 향한 첫발을 내딛는다. 사람들은 그에게 병을 치료하는 능력이 있다고 믿는다. 그래서 그에게 아픈 곳을 보이려는 환자들이 꾸역꾸역 모여든다. 비천한 처지에서 갑자기 의사로 승격하게 된 것에 감격한 그는 기꺼이 헌신한다. 안내인들은 카이예의 정직함을 굳게 믿은 나머지 그가 기독교도들에게 강제로 붙잡혀 있다가 마침내 이슬람의 품안으로 돌아오게 되었다는 전설을 주위에 퍼뜨린다. 그 결과 그의 동행들은 한결같이 그를 동정한다. 길을 가면 갈수록 사람들은 그의 피부색을 보고 점점 더 놀란다. 홍수 때문에 앞으로 나아가기가 어렵다. 실의, 절망에 사로잡히지만 그는 포기하지 않는다. 땅이 물에 잠겨서 샌들을 신을 수가 없게 되자 그는 맨발로 걷는다. 머지않아 발에 입은 상처가 쓰려 온다. 8월에 이미 여정의 삼분의 일을 정복하고 났는데(아직 700킬로미터를 더 가야 한다) 발은 망가질 대로 망가지고 또 열병에까지 걸려 신음하게 되자 그는 가는 곳마다 강과 홍수진 늪으로 길이 끊어지는 그 고장을 통과하지 못한 채 포기한다. 며칠 뒤 다음번 캐러밴과 같이 다시 길을 나설 수 있게 되기를 기대해본다. 하지만 발에 입은 상처가 낫기는커녕 습기 때문에 점점 더 심해진다. 밖에는 비가 쉬지 않고 내린다. 그는 어떤 노파의 집에 거처한다. 노파는 그를 헌신적으로 간호해준다. 9월이 되자 비가 뜸해지기 시작하고 상처도 서서히 아문다. 티메(Timé)에서의 그 체류는 쓰라린 경험이었다. 단순히 발의 상처나 본의 아니게 꼼짝 못하고 발이 묶인 처지 때문만이 아니라 그를 큰 부자라고 여긴 마을 사람들이 매일같이 달려들어 끝없이 하소연을 늘어놓았기 때문이다.

11월 중순이 되자 마침내 상처가 나아서 다음 대상들과 함께 제네 방향으로 길을 나선다. 두 달 정도 소요되는 거리다. 그러나 그는 심각한 괴혈병에 걸려 쓰러진다. '입천장이 완전히 벗겨지고 뼈의 일부가 분리되어 떨어져나갔다. 치아도 더 이상 치조 속에 붙어 있을 것 같지 않았다. 고통이 이만저만이 아니었다. 머리통 속으로 느껴지는 통증이 어찌나 심한지 뇌가 손상을 입는 것이나 아닌지 걱정스러웠다. 보름이 넘는 동안 나는 한순간도 잠을 이룰 수가 없었다. 설상가상으로 발의 상처가 재발했다. 모든 희망이 물거품으로 변하는 것 같았다.'[121] 그 역경에서 벗어난다해도 그는 상처가 아문 자국들 때문에 혐오감을 불러일으킬 정도로 흉한 몰골이 될 것이다. 그리하여 그 이후 그는 동행하는 사람들이 분노나 혐오감을 갖게 될까봐 한구석에서 혼자 식사를 하는 일이 많게 된다. 지칠 대로 지쳐서 오직 죽고 싶은 생각뿐인 병자를 노파는 쉬지 않고 간호한다. 병마에 쓰러져 누워 있는 동안에도 시간은 흘러 여행하기 좋은 건기가 다 지나가버린다. 1월 초가 되자 마침내 회복기에 접어든 카이예는 오랫동안 움직이지 않고 지낸 환자 특유의 피로에도 불구하고 다시 길을 나선다. 톰북투에 대한 꿈이 여전히 그의 마음을 끓이는 것이다. 마주치는 부족들마다 그를 또다시 공격목표로 삼아 괴롭히고 멸시하고 끊임없이 무슨 선물이건 내놓으라고 성화다.

3월 13일 뗏목을 타고 파란 많은 항해를 한 끝에 그는 마침내 톰북투 어귀에 이른다. 1828년 4월 20일 모제 출신의 가난한 소년은 온갖 고난을 무릅쓰고 그의 꿈을 이루어 그 도시에 발을 들여놓는다. '나는 무어라 형언할 수 없는 만족감에 휩싸였다. 나는 한 번도 그처럼 벅찬 감동을 맛본 적이 없었다. 더할 수 없는 기쁨이었다.' 그렇지만 그는 이내 열광에서 깨어난다. '눈앞에 전개된 광경은 기대했던 것과는 전혀 딴판이었다. 나는 이 도시의 거대함과 풍요로움에 대하여 아주 다른 생각을 품고 있었던 것이다. 얼른 보기에 그 도시는 엉터리로 지어놓은 흙집들의 거대한 무더기에 지나지 않았다. 어느 쪽으로 눈을 돌려도 보이는 것은 오직 광대한 평원을 이루고 있는 흐르는 모래뿐……. 그러나 모래밭 한가운데 세워진 그토록 거대한 도시에는 우리의 시선을 압도하는 그 무엇이 있어서 그 도시를 건설한 사람들이 바친 노력을 찬양하지 않을 수 없다.'[122] 카이예는 랭 소령이 프리타운으로 돌아오던 중 1826년에 살해당했다는 사실을 알게 된다. 따라서 그는 톰북투를 밟은 두 번째 유럽인이 된다. 그는 랭 소령에 비하여 죽지 않고 살아 있다는 괄목할 만한 이점이 있었다. 그러나 그 자신은 사기꾼이라는 수치스러운 결말을 맞을 위험부담을 안고 있었다.

5월 4일 카이예는 톰북투를 떠나 사하라를 횡단한다. 노예들을 이끌고 모로코해안으로 가는 모르인 대상들과 함께였다. 그의 안내인은 한심하기 짝이 없는 인물이어서 덕분에 그 기나긴 여행의 마지막 부분이 지옥으로 변한다. 갈증은 그 무엇으로도 진정시킬 수 없는 고문이 된다.[123] 안내인이 그를 학대하다 보니 결국 대상의 다른 멤버들, 심지어 노예들까지도 그를 비웃고 괴롭히며 나아가서 그에게 물과 음식을 주지 않고 돌을 던지거나 구타하려고 덤벼든다. 그는 무리의 놀림감이 되었다. 천만다행으로 가끔 다른 모르인들로부터 지지를 받게 된다. 모르인들은 그를 불쌍히 여겨 다른 동행자들의 행동을 나무라면서 그에게 물과 음식을 준다. 개들이 그에게 달려들어 물어도 양치기들은 무심히 보고만 있다. 카이예는 야간횡단을 계속한다. 8월 14일 지칠 대로 지쳐 병든 몸으로 페즈(Fez)에 도착한 그는 다시 탕헤르(Tanger)[124]로 떠난다. 9월 7일 탕헤르에 도착한 그는 어렵사리 어떤 프랑스 삼각돛배를 얻어 탄다. 프랑스 툴롱으로 떠나는 배였다.

Charles Harbutt, *Christiani Bros., Hoboker, N.J.* 1957

파리에 도착한 카이예는 그의 용기와 끈기에 탄복한 사람들의 축하 속에 파묻힌다. 그리고 약속대로 보상을 받는다. 그가 쓴 여행기가 1830년에 발표된다. 그는 결혼하여 상파뉴 현에 자리잡고 그곳의 시장이 된다. 네 아이가 태어난다. 그는 다시 아프리카로 돌아가 다른 여러 가지 탐험들을 실시하려고 계획을 세우지만 건강상태가 좋지 않다보니 재원을 확보하는 것이 불가능해진다. 자리에 누워 숨을 거두는 날까지 그는 다시 떠나는 것을 꿈꾼다. 1838년 38세의 나이에 그는 말라리아로 목숨을 잃는다.

큰 호수들을 향한 걸음

잠시 발걸음을 멈추고 한 예외적인 인물이 수행한 신화적 탐험을, 골고다의 언덕과도 같은 고난의 걸음을 주목해보기로 하자. 그 인물이란 나일강의 원천을 찾아 나선 리차드 버튼(Richard Burton)과 그의 동반자 존 스피크(John Speke). 아프리카, 아시아, 라틴아메리카의 수많은 지역의 탐험이 이처럼 견디기 어려운 육체적 정신적 조건 속에서 대상들에 의하여 수행되었다. 이런 탐험에서는 물론 나귀, 낙타, 말 같은 동물들이 주된 역할을 한다. 이런 탐험은 동시에 걷기의 가장 영웅적인 표상들

중의 하나를 구체적으로 보여준다. 1856년 6월 런던 지리학회의 보호 아래 인도군의 두 장교인 리차드 버튼과 존 스피크는 유럽 사람들이 그 존재를 짐작해온 터인 동아프리카의 대호수들을 향하여 긴 도보탐험 길에 오른다. 두 사람은 1854년 첫 아비시니아 탐험 때 처음으로 만났다. 버튼은 대담성을 발휘하여 이 나라의 금지된 도시인 하라르에 들어가 체류한 경험이 있었다. 어디로 보나 두 사람은 지극히 대조적이다. 규율을 싫어하고 박식한 버튼은 지칠 줄 모르는 삶의 유희, 언제나 깨어 있는 호기심이 특징. 한편, 거만한 성격으로 주민들을 무시하는 편인 원칙주의자 스피크는 사냥의 강박 때문에 항상 두 손에 총을 거머쥐고 있다. 언제나 풍문에 귀를 기울이고 있는 버튼은 그 큰 호수들이 백나일강의 원천, 즉 그 강에 물을 대주는 주된 샘이라고 믿고 있다. 그 이전의 탐험은 모두 열병과 늪, 혹은 지역주민에 의한 끝없는 학살로 인하여 실패했다. 스피크는 참가하지 않은 첫 번째 시도 때 캐러밴이 공격을 받아 버튼은 얼굴에 심한 상처를 입었고 영국인 한 사람은 배가 칼에 찔리고 몸의 일부가 잔혹하게 잘려나간 채 살해당했다.

130명의 인원, 그리고 잡화와 식량과 자재를 실은 30두의 노새로 구성된 대상이 버튼의 지휘하에 잔지바르섬 맞은편 바가모요에서 떠난다. 사람들은 저마다 무기와 개인 장비 이외에 30여 킬로그램의 짐을 어깨에 메고 있다. 사람이 가장 많이 다니는 오솔길들도 폭이 겨우 몇십 센티에 불과하다. 날씨가 좋은 철에 지나간 사람들의 발자국이 만들어놓은 그 오솔길이 우기가 돌아오면 이내 무성한 열대의 풀과 수림으로 뒤덮여버린다. 밀림에 들어서면 낫 도끼로 쳐서 식물의 터널을 만들어야 얽히고 설킨 덤불을 뚫고 전진할 수 있는데 걸머진 짐이 끊임없이 가지에 걸린다. 또 어떤 곳에서는 소택지와 강 때문에 허리까지 차는 물속으로 들어가는 지름길을 택할 수밖에 없다. 산악지대를 통과할 때는 비탈진 바위를 기어올라가야 하는데 순간순간 몸이 뒤뚱거려 조금만 방심했다가는 천길 낭떠러지 아래로 굴러 떨어질 위험이 있고 경사진 지형과 어깨를 짓누르는 짐의 무게로 전신의 힘이 다빠져 나간다. 들판을 지나갈 때는 불로 지지는 것만 같은 햇빛을 이겨내야 한다. 반면에 밤이 되면 얼음같이 싸늘해지면서 기온이 내려간다. 그리고 여전히 벌레들은 사람들에게 달려들고 습기 때문에 상처는 잘 아물지 않는다. 말라리아와 각종 질병은 유독 두 영국인만 악착스레 공격한다. 이처럼 비위생적인 지역에 사람은 별로 살지 않는 것 같고 오직 그곳을 지배하는 야생동물들만이 걸어서 지나가는 사람들을 멀거니 쳐다본다.

몇 주일이 지나자 버튼 자신도 점점 용기를 잃어간다.

'수풀이 빽빽하게 우거진 곳에서 하룻밤을 자고 나서 찌뿌드드한 기분으로 깨어 일어나니 머리가 아프고 눈이 쓰라리면서 고통 때문에 전신이 와들와들 떨린다. 피로와 추위, 햇빛과 비와 말라리아, 그리고 불안이 하나가 되어 나를 못살게 군다.' [125] 그렇지만 인간이란 한갓 초개에 불과한, 이 미지의 대륙에서 벌거벗은 맨몸을 던져 육탄전을 감행하겠다고 나서는 이 유럽 모험가들로 하여금 아프리카의 그 모든 매운맛을 체험하게 만드는 2년여에 걸친 강행군의 첫걸음에 불과하다. 버튼은 도보여행의 이 기막힌 조건에 대하여 느낀 절망과 쓰라림을 털어놓는다. 그 걷기가 얼마나 우스꽝스러운 것인지 스스로도 잘 알지만 그는 기필코 목적을 달성하겠다는 욕심을 버리지 않는다. 아랍 상인들이 만들어놓은 이 흑인 매매용 소로들에는 식물이 인간을 납작하게 만들려는 듯이 무성하게 자라 있다. 그들은 끊임없는 공포 속에서 길을 간다. 캐러밴 대원들의 규율을 무시하는 태도와 무성의한 작업, 서로간의 끊임없는 다툼, 잦은 탈출, 좀도둑질로 이 두 사람의 영국인은 하루도 마음 편할 날이 없다. 나귀는 한 마리 한 마리 죽어가고 살아 남은 놈들은 그들대로 변덕을 부려 걸음을 늦춘다.

1857년 버튼과 스피크는 병이 들고 사기는 바닥에 이른다. '열병에 전신이 와들와들 떨리고 현기증으로 정신을 못 차리는 가운데 우리는 낙담하여 옆으로 난 소로를 바라보니 밑은 나무뿌리들과 위의 바위 부분들이 층계를 이루고 있는 일종의 사닥다리 같다. 내 동료는 몸이 어찌나 쇠약해졌는지 그를 떠메려면 장정 세 사람이 필요하다. 나는 아직 한 사람 정도가 부축해주면 될 정도다. 짐꾼들은 절벽을 기어오르는 허수아비 같다. 나귀들은 한 걸음을 내딛을 때마다 주저앉는다. 갈증과 기침과 기력 소모 때문에 우리는 땅바닥에 드러눕고 싶은 마음뿐인데 전투의 외침 소리가 이 골짝 저 골짝에서 메아리치고 활과 창으로 무장한 토인들이 검은 개미 떼처럼 몰려든다.' [126] 각종 열병이나 숱한 자연적 장애들이 갈 길을 가로막지 않으면 이번에는 부족의 추장들이 위협하며 내달아 통행료를 요구하며 온갖 변덕을 다 부리는데 이 영국인들은 그들의 처분만을 바랄 뿐 달리 어쩔 도리가 없다. 벌레들 또한 한시도 가만히 두지 않는다. 쩨쩨파리, 벌, 등에, 검정개미들은 끓는 물을 퍼붓지 않으면 떨어져 나가지 않고 흰개미 떼들은 가장 귀중한 양식과 재산을 파괴한다.

넉 달 반 동안 900킬로미터나 되는 먼 길을 고단하고 고통스럽게 걸어간 끝에 탐험대는 카제(Kazet:오늘날 탄자니아의 타보라)에 도착한다. 아랍 상인들이 노예와 상아 장사를 위한 가게들을 벌려놓은 곳이다. 두 영국인은 인근에 거대한 두 개의 호수가 존재한다는 사실을 확인하게 된다. 몇 주일 동안 휴식을 취한 다음 대상은 다시 길을 나선다. 일주일 뒤 버튼은 최악의 상태에 놓이게 된다. 사람들이 그를 떠메다가 해먹에 눕혀놓는다. '오한이 나고 전신이 마비된 가운데 벌겋게 달군 바늘로 쑤시는 것만 같은 팔다리는 전혀 말을 듣지 않고 촉각마저 상실했는데 아픔은 점점 더 심해져 알 수 없는 세계로 인도하는 어두운 문들이 열리는 것이 보였다.' 그는 장차 11개월 동안 걸을 수 없는 처지가 되어 짐꾼들이 그를 떠메고 다닌다. 게다가 두 영국인은 눈병에 걸려 특히 스피크는 여러 주일 동안 거의 장님에 가까운 상태로 지낸다.

1958년 2월, 무수한 낙오와 일련의 끝도 없는 육체적 정신적 시련 끝에 캐러밴 중 살아남은 사람들은 탕가니카(Tanganyika) 호수에 도착한다. 버튼은 고통을 다 잊었다. 그는 그 아름다운 풍경들 앞에서 맛보는 황홀한 느낌을 술회한다. 아랍 상인들은 이미 오십 년 전에 와서 음울한 노예장사를 벌인 적이 있다지만 유럽인이 이 호숫가에 발 딛은 것은 이것이 최초인 것이다. 호수를 탐사하여 그곳에서 발원하는 강(그 두 사람은 그 강이 나일강이라고 꿈속인 양 상상해 본다)을 찾아내는 일은 쉽지 않다. 병든 몸이라 자리에서 움직이지 못하는 버튼과 어떤

Atget, *The Pond, Ville-d'Avray*, 1923–25

노예상인 소유인 배 한 척을 빌리는 사명을 띠고 갔다가 아무 성과 없이 빈손으로 돌아온 스피크 사이에 첨예한 대립이 생긴다.

버튼은 한심한 상태의 카누 두 척을 지독히 비싼 값에 빌려 장기간의 호수 탐사를 시작하는 데 성공한다. 스피크는 말한다. '그는 아직 건강이 너무나 안 좋은 상태여서 일을 계속하려고 애를 쓰는 그를 본 사람이면 누구나 그가 살아서 돌아오리라고는 생각하지 못했겠지만 그 자신은 자기를 빼놓고 떠나는 것을 결코 참지 못했을 것이다.' [127] 그 두 영국인은 문제의 강이 그 호수에서 발원하는 것이 아니라 그 호수로 흘러들고 있다는 사실을 확인하고 크게 낙담한다. 그렇지만 그들은 그 호수가 가득 차서 넘치게 되면 흘러드는 거대한 늪이 존재한다는 사실을 알게 된다. 버튼은 20년 뒤에야 그것이 콩고강의 수원이라는 것을 알게 될 것이다.

탐험대는 카제로 돌아온다. 캐러밴의 모든 멤버들이 정도의 차이는 있으나 전부 다 병에 걸렸다. 말라리아, 안질, 난청, 궤양, 탈진 등. 버튼은 몸을 움직일 수 없는 형편이면서도 아무 일도 않고 지낼 수 없는 인물인지라 토착민들이 사용하는 구어의 어휘집을 작성한다. 한편 스피크는 권태로워한다. 그는 사람을 경계하는 동물들을 사냥하지도 못하고 '모든 것이 하나같이 똑같은 광대하고 어리석은 한 장의 지도'에 불과해보이는 그 고장을 좋아하지 않는다. 그는 아랍 상인들이 그에게 언급한 바 있는 어떤 다른 호수를 답사해보기로 결심한다. 단조로운 고원지대를 25일 동안 어렵지 않게 걸어간 끝에 스피크는 거대한 니안자 호숫가에 도착한다. 그는 곧 그 호수를 빅토리아호라고 명명한다. 그는 이 뜻깊은 사건을 경축하기 위하여 수면에서 헤엄치고 있는 붉은색 기러기와 강둑에 돌아다니고 있는 새들을 쏘아 잡는다. 스피크는 나일강이 발원하는 호수를 발견했다고 확신한 나머지 기쁨을 감추지 못한 채 카제로 돌아온다. 그러나 버튼은 회의적이다. 스피크는 이렇게 쓰고 있다. '나는 그가 나와 함께 가지 못한 것을 얼마나 아쉬워했는지 모른다고 말해주었다. 나는 마음속으로 나일강의 수원지를 발견했다고 확신하고 있었으니 말이다. 물론 내가 그렇게 믿게 된 모든 이유를 설명했음에도 불구하고 그는 믿으려고 하지 않았다.' 버튼 쪽에서는 나일강이 여러 수원지에서 물을 공급받고 있다고 굳게 믿고 있다. 스피크는 다시 가서 호수를 답사해 보자고 했지만 버튼은 병이 너무 깊어서 반대한다. 남은 식량이 잔지바르로 돌아가기에도 빠듯한 상태고 군대의 휴가기간이 끝나가고 있고 또 머지않아 계절풍이 올 것 같다.

　돌아가는 길의 넉 달은 두 사람에게 끔찍한 것이다. 둘다 심하게 앓고 있는 것이다. 건강상태 때문에 버튼은 잔지바르에 남아 있을 수밖에 없는 처지가 된다. 영국으로 돌아간 스피크는 탐험으로 얻는 이득을 독차지하여 자신이 나일강의 수원을 발견했음을 굳게 믿는다고 선언하면서 버튼의 몫을 깎아 내린다. 그리고 옛 동료에게 알리지도 않은 채 벌써 또 다른 탐험을 준비한다. 그 두 사람 사이에 격렬한 논쟁이 벌어진다. 버튼의 불행한 옛 라이벌 중의 한 사람은 앙갚음을 하려고 스피크를 옹호하면서 그를 비난해댄다. '버튼은 그의 보조역할을 할 자격도 안 되고 상대적으로 아무것도 한 일이 없다. 그런데도 그는 요란하게 떠들어대면서 발견의 공로를 가로채려 한 것이다. 스피크는 일을 하고 버튼은 하루 종일 자리에 누워서 남들의 능력을 이용한다.' (구르네, 1991, 75쪽) 버튼은 응수한다. '탐험기간 동안 그는 내 부하였다. 그럴 수밖에 없는 처지였다……. 왜냐하면 그는 아랍어도, 발루치스탄 말도, 아프리카의 여러 가지 방언도 할 줄 모르기 때문이다. 내가 귀국할 때까지 기다렸다가 지리학회에 출두하겠다고 굳게 약속했으면서도 내가 준비했던 발견의 소유권을 독차지한 그를 보고 어찌 분노를 느끼지 않을 수 있겠는가.' (구르네, 1991, 78쪽) 왕립 지리학회가 분쟁조정에 나선다. 그러나 스피크는 자신의 소견을 진술하기 불과 몇 시간 전에 죽는다. 사냥에 나갔다가 사고를 당했다는 말이 있다. 그러나 아마도 자살했다는 설이 맞을 것 같다. 그후 스탠리와 리빙스턴, 그리고 나중에는 스탠리 단독의 탐험에 의하여 빅토리아호수가 백나일강의 유일한 수원이며 탕가니카호수가 콩고강의 유일한 수원이라는 스피크의 믿음이 확인된다. 두 사람은 이 비극적인 도보탐험 때 아프리카의 거대한 두 강의 발원을 찾아낸 것이다.

이런 도보탐험은 면도날 위를 걸어가는 듯 지난한 것으로 매순간 사람들의 생명을 위험 속으로 몰아넣고 끝없는 인내와 예외적인 육체적 정신적 시련을 강요한다. 이 도보여행은 나귀나 낙타의 도움을 받게 되는데 물론 이때의 걷기는 걷기 자체가 좋아서가 아니라 탐험을 성공적으로 끝내기 위해서는 다른 방법이 없기 때문에 선택된 것이다. 이런 탐험에서는 목표를 달성하기 위한 인내와 흔히 그런 탐험이 강요하는 고난을 끝장내버리고 싶은 욕구가 서로 대결하게 된다. 이때 오직 중요한 것은 더 나은 방법이 없기에 그저 몸에게 모든 것을 일임하고 앞으로 나아가는 것뿐이다. 걸음을 늦추는 것은 기분전환이 아니라 시간을 허비하고 가진 것을 낭비하고 사기를 저하시키는 장애로 생각된다. 중요한 것은 여행의 목적이지 그 목적에 도달하는 수단이 아니다.

스마라의 길

미셸 비외샹주(Michel Vieuchange)는 모로코 남부와 모리타니아 사이에 있는, 사막의 약탈자들 손에 맡겨진 한 지역 속으로 들어가보는 것이 꿈이다. 카미유 두 (Camille Doubs)가 자신의 안내인들에게 살해당한 이후 그 어떤 여행자도 유럽인이 전혀 없는 이 사하라지역에 들어가는 모험을 감행한 적이 없다. 동쪽으로 아틀라스 산맥을 톰북투로 연결하는 캐러밴까지도 싸움이 잦고 몸 값을 노리는 자들이 출몰하는 이 위험한 장소들은 피하는 편이다. 1929년 9월, 미셸 비외샹주 형제는 사막과 위험의 한복판에 버림받은 신화적 도시 스마라(Smara)에 접근하는 최초의 유럽인이 되겠다고 마음먹는다. 미셸 비외샹주는 캐러밴 속에 섞여 길을 떠난다. 그러나 자신의 정체가 탄로나면 죽임을 당할 것이 분명하므로 여자로 변장한다. 그는 카이예에 뒤이어 마찬가지의 피곤, 질병, 말라리아, 추위와 더위의 급격한 교차, 그리고 무엇보다 멸시, 배신, 모욕의 끝없는 형벌을 경험하게 될 것이다. 그의 동생 장은 멀리서 여행자의 운명을 보살핀다. 두 달 동안 대부분 걸어서, 때로는 낙타를 타고, 적대적인 부족들 지역을 거쳐간 1,400킬로미터에 걸쳐서 그것은 고통의 대횡단이다. 그들 두 사람이 비용을 지불한 안

Weston, *Dunes, Oceano (The black Dune)*, 1936

내인들은 비밀에 부쳐져 있다. 도보여행의 처음부터 비외상주는 비밀리에 일기를 쓰기 시작하는데 그것은 그의 사후에 발표된다. 거기서 그는 부어오른 발과 몸에 입은 찰과상으로 인한 고통을 호소하지만 스마라에 도달할 수만 있다면 그 어떤 시련도 달게 받겠다는 의지를 강조한다. 고통은 그의 탐험대의 성공을 위하여 자청한 희생인 것이다.

이내 그의 발바닥이 생살을 드러내어 발걸음을 떼어 놓을 때마다 심한 통증이 느껴진다. 불로 지지는 듯한 열기와 건조함이 가시고 나면 얼음 같은 밤이 찾아오고 손가락 발가락에 류머티즘 발작이 일어난다. 함께 길을 가는 아랍 사람들과는 달리 그의 몸은 시간마다 날마다 쉬지 않고 겪어야 하는 그 힘겹고 고통스러운 강행군에 습관이 되어 있지 못하다. 그는 극도로 험한 그 지역에 어울리는 체질이 아니다. 그의 일기장에는 그 기나긴 고통, 언제 어디서 공격을 당할지 예측을 할 수가 없어 끊임없이 긴장 상태에 있는 캐러밴의 공포를 빠짐 없이 기록하고 있다. 때로는 싸움을 피하기 위하여 협곡의 가파른 허리를 야간에 통과하지 않으면 안 된다. 그럴 때면 어둠 속에서 발을 헛디디면 어쩌나 하는 두려움 때문에 비외상주는 생살이 드러나 땅바닥에 닿기만 하면 불로 지지는 듯 쓰린 발바닥을 어떻게 내딛어야 할지 알 수가 없어진다.

어느 날 저녁 캐러밴에서 길에서 가슴에 총을 맞고 다리가 부러진 한 사내를 발견한다. 그는 십여 일 전부터 거기서 괴로워하고 있었던 것이다. 길은 더욱 험해지는데 직사광선 아래서 마실 물도 별로 없이 이제부터는 전쟁 때문에 낙타도 타지 못한 채 걸어서 하루에 40~50킬로미터를 가지 않으면 안 된다. 비외상주는 필요하다면 이런 식으로 열흘이라도 더 걸을 태세가 되어 있다. 왜냐하면 스마라가 날마다 조금씩 더 가까워지고 있기 때문이다. 지칠 대로 지친 나머지 잠을 이룰 수 없는데 그의 몸에는 이가 끓는다. 어느 날 밤에 그는 무려 이백 마리나 되는 이를 잡는다. 캐러밴에서 그리 멀지 않은 곳에서 툭하면 전투가 벌어져 희생자를 낸다. 자신들의 힘을 내세워 까다롭게 구는 안내인들과 흥정을 해야 하는 일이 점점 잦아져 비외상주는 이만저만 괴로운 것이 아니다. 죽는 것은 두렵지 않지만 그토록 고생을 하고 나서 스마라에 이르지 못할까봐 겁이 난다.

그는 쌍안경과 가방을 도둑맞는다. 사사건건 몸값을 강요받는다. 그는 목적지가 자신도 모르는 사이에 변경되는 일이 없도록 끊임없이 싸우지 않으면 안 된다. 그의 동반자들, 싸움, 사막 혹은 자신의 허약한 몸 등등 간단없이 그의 길을 가로막는 수많은 장애와 맞서서 보여주는 비외상주의 끈기와 신념은 카이예의 그것 못지않은 것으로 매순간 경탄을 금치 못하게 한다. 아직도 더 많은 시련들이 그를 기다리고 있다는 것을 알지 못하는 그는 '최악의 상태는 오래가지 않는다'[128]고 일기에 쓰고 있다. 고통 속에서도 비외상주는 스마라를 생각하면서 강렬한 행복의 순간들을 경험한다. '내가 마침내 그 속에 있음을 마음속으로 느낀다는 것은 내게 얼마나 큰 행복, 얼마나 큰 힘을 주는가. 고통, 허리가 휘는 피곤, 태양, 갈증에도 불구하고 머리가 회열로 터질 것만 같다.'[129] 때로 인근의 부족들의 눈을 피하기 위하여 그는 오랫동안 커다란 광주리 속에 들어가 지낸다. 여러 시간 동안 몸에 상처를 입은 채 구역질을 참으며 엎드려 있는 것이다. 육체적 정신적 피폐가 장기간 지속되다보니 결국은 모든 것이 허물어지기 시작하여 처음으로 스마라라는 이름이 '내게도 메마른 것으로 변해버린다. 나 자신이 송두리째 바싹 말라버린 느낌이 드는 것이다. 자나깨나 오직 한 가지뿐인 의지, 즉 끝을 봐야지, 목표를 달성해야지 하는 일념 쪽으로만 머릿속의 생각이 조여들 뿐이다.'[130]

1930년 만성절[131] 다음날 그는 사막 한가운데 버려진 도시 스마라에 도착한다. 그는 톰북투에 처음 발 디뎠던 카이예를 생각한다. 그러나 그의 일기에서는 예상했던 열광이 느껴지지 않는다. '스마라는 몇 채 안 되는 집들―거의 모두가 공공건물로 회교사원 하나, 성채 둘―이 고

Steve McCurry, *Afghanistan*, 1950

작인 죽은 도시다. 오아시스는 반 이상, 그러니까 사분의 삼쯤이 파괴된 상태다.' [132)

그러나 나중에 그는 자신이 느꼈던 감정을 다시 음미해 보면서 그 퇴락한 회교사원 안으로 들어갔던 때의 느낌을 이렇게 기억한다. '지난날에는 꿇어 엎드려 기도하는 성스러운 장소였던 그곳을 지금은 그저 한번 둘러보려는 것뿐인 사람의 입장에서 거닐고 있자니 가슴속에서 문득 뜨거운 그 무엇이 울컥 치밀어오르는 느낌이었다.' [133)

그는 동행했던 사람들이 재촉하는 바람에 그 죽은 도시에 겨우 세 시간을 머물고 나서 또다시 큰 광주리 안에 몸이 묶인 신세가 되어 온갖 학대를 다 받는다. 그는 귀로를 꿈꾼다. '새로워진 우리들의 생활, 아니 어쩌면 멋들어진 길 위로 대담하게 떠밀려 나온 생활―그게 어떤 것인지는 말하지 않겠다―에서 발생하는 의미심장하고 놀라운 그 기쁨은 말할 것도 없지만, 나는 당장에 뜨거운 물 속에 몸을 담그고 목욕하는 그 첫 순간을 황홀한 기분으로 생각하는 것이었다. 더 이상 몸에 이가 끓지도 않고 춥지도 덥지도 않다는 것. 침대에서 잠을 잔다는 것. 식사를 한다는 것. 목표를 달성하기 위하여 너무나도 고생스러웠던 두 달을 지내고 나서 그 모든 것을 되찾는다는 것.' [134) 그는 놀랍고도 예감에 찬 꿈을 꾼다. 그는 스마라를 찾아내야 했다. 그런데 어떤 여행자가 그를 앞질렀다.

갑자기 그것이 누군지 알 수 있었다. 르네 카이예였다. 그들은 둘 다 서로 만나게 된 것을 반가워한다. 그들은 함께 그 도시로 들어간다. 그런데 들어가보니 그 도시는 수없이 많은 거미줄로 뒤덮인 일종의 채석장 같은 것이다. 비외샹주가 어떤 굴속으로 들어가 살펴보고 있는데 갑자기 높은 목소리가 들려와 가만 귀를 기울여보니 그것은 랭보의 가장 난해한 텍스트들임을 알 수 있다. 그러더니 카이예가 랭보로 변한다. 고독하고 전설적인 두 도보여행자가 비외샹주에 앞서 사이좋게 죽음 속으로 들어갔다. 미셸 비외샹주는 동생 장을 다시 만나고 나서 불과 몇 시간 뒤에 이질로 사망했다.

도시에서 걷기

Moholy-Nagy, *Marseilles*, 1929

도시에서 길을 찾지 못한다는 것은 그리 큰 일이 못 된다. 그러나 숲속에서 길을 잃듯이 도시에서 길을 잃게 된다면 제대로 된 학습이 필요해진다. 이 경우, 길 잃은 사람에게 가로의 이름들은 빼격대는 마른 나뭇가지의 목소리처럼 말을 걸어와야 하고 도시의 작은 골목들은 산밑의 골짜기 못지않게 지금이 몇 시쯤 되었는지 암시해주지 않으면 안 된다.

— 발터 벤야민, 『일방통행』

도시의 몸

길을 걷는 사람이 자신의 도시, 혹은 가로나 동네와 맺게 되는 관계는 무엇보다 먼저 어떤 정서적 관계인 동시에 신체적 경험이다. 그가 그 도시를 익히 잘 알고 있는 경우든 한발 한발 내딛는 가운데 도시의 길을 차츰 발견해 나가는 경우든 마찬가지다. 도시는 청각적 시각적 배경이 되어 소요하고 있는 사람을 동반해준다. 매순간 그의 피부는 변화무쌍한 외계의 기온을 감지 기록하여 물체나 공간과의 접촉에 반응한다. 보행자는 불쾌하거나 유쾌한 냄새들의 웅덩이를 통과하는 느낌을 갖는다. 여러 가지 감각들이 올실과 날실처럼 짜여진 이 조직은 그가 가로를 통해 걸어가는 동안 상황에 따라 도시에 유쾌하거나 불쾌한 톤을 부여한다. 도시를 걷는 경험은 우리의 몸 전체의 반응을 촉발한다. 매순간 몸의 센스와 감각들이 끊임없이 작동한다. 도시는 이리하여 인간의 몸의 밖이 아니라 몸 안에 존재하는 셈이다. 도시는 그의 시선에, 청각에, 그밖의 다른 감각들에 스며든다. 보행자는 도시를 차츰 길들여 자신의 내면에 흡수 소화하고 자신이 부여하는 의미에 따라 도시에 반응한다. 누구보다도 파리를 사랑했던 레옹 폴 파르그는 이렇게 쓴다. '나는 여러 해 전부터 아주 마음이 느긋한 사람들, 다시 말해서 허송할 시간이 있고 파리를 사랑하는 산책자들을 위하여 파리의 지도를 하나 글로 그려보았으면 하는 생각을 해왔다. 그리고 여러 해 전부터 나는 우선 파리 북부 지역, 동역에서 샤펠에 걸친, 내가 살고 있는 동네에서부터 그 여행을 시작해야겠다고 마음먹고 있었다. 35년 동안이나 이 동네를 떠나지 않고 살아왔기 때문만이 아니라 이 동네는 나름대로 유별난 생김새를 가지고 있어서 그것을 세상 사람들에게 알려주면 좋을 것 같기 때문이다.' [135]

도시에 사는 시민 한 사람 한 사람에게는 이처럼 자신의 활동범위와 방식에 따라 유별나게 선호하는 공간이나 길의 코스가 따로 있다. 그는 규칙적으로 한 가지 코스만 택할 수도 있지만 그때그때의 기분에 따라, 날씨에 따라, 서두르거나 느긋하게 소요하고자 하는 욕구에 따라, 혹은 길을 가면서 처리해야 할 일에 따라 다양한 코스를 택할 수도 있다. 시민 개개인의 주위에는 그가 자주 출입하는 일터, 행정관청, 도서관이 있는 동네, 그의 친구들이 사는 거리, 그가 어린 시절에, 혹은 그의 생애의 서로 다른 시기에 살았던 지역 등 도시에 대한 그의 일상적 경험과 연결된 수없이 많은 길들이 뻗어 있다. 그런가 하면 완전히 어둠 속에 묻혀버린 지역도 있다. 단 한 번도 발걸음을 하지 않는 지역, 그 어떤 활동이나 관심사와도 관련이 없기에 가끔 자동차를 타고 지나가긴 해도 아무런

Eugène Atget, *Rue Galande*, 15 avril 1899

호기심도 일어나지 않는 구역, 그 생김새와 인상 때문에 어딘지 무서운 느낌을 주는 동네가 그렇다.

'파리에서 마텡인쇄소와 스트라스부르 대로 사이의 본 누벨 대로에 오면 틀림없이 나와 마주치게 될 것이다. 사흘이 멀다 하고 오후가 저물어 갈 무렵이면 내가 왔다갔다 하는 것을 볼 수 있는 거리. 사실 왠지는 모르겠으나 내 발걸음이 향하는 곳, 아무런 특별한 목적도 없이, 아무 결정적인 이유도 없이 그저 막연히, 그 일(?)이 바로 거기서 일어날 것만 같아서 늘 찾아가는 곳이 바로 거기다.'[136] 어떤 도시건 이미 그 도시를 어느 정도 알거나 그 도시의 거리들과 친숙한 사람들의 경우, 심지어 오랫동안 멀리 떠나 있다가 돌아올 때도 마치 자석에 끌리듯이 첫발이 그리로 향하게 되는 몇몇 구심점들이 있다. 브뤼셀의 르모니에 대로의 고서점 거리, 투르의 라 루아르, 파리의 카르티에 라탱, 스트라스부르의 일 강가, 혹은 대사원거리, 엑상프로방스의 쿠르 미라보, 나폴리나 로마의 어떤 카페, 리스본의 어느 광장, 어떤 대로, 어떤 골목, 어떤 상점, 어떤 벤치, 어떤 집……, 우리의 마음과 발길을 끌어당기는 매혹은 개인적인 역사, 어린 시절의 기억, 어느 카페 테라스에서 보낸 고즈넉한 한때의 추억 같은 것과 관련이 있는 것이어서 훗날에도 그 기적과도 같은 만남의 순간, 그 거리나 동네의 분위기, 가슴을 흔드는 어떤 이름, 전에 언뜻 보았던 얼굴, 혹은 어떤 박물관을 문득 한 번 더 찾아가보고 싶은 마음이 일어나는 것이다. 그 도시에서의 생활에 길이 든 사람들에게는 그 같은 마음의 변덕이 의외로 여겨질 수도 있다. 그래서 그들은 미소를 짓게 된다. 옆에 있는 다른 사람에게 그는 어떻게 생각하는지 물어보기도 한다. 그렇지만 사람은 저마다 자기 나름대로 왠지 끌리는 데가 있는 법. 도시는 어느 곳이나 다 주관적인 관계의 대상이다.

어떤 도시를 걸어다니면서 자신의 숨은 모습을 발견하는 또 하나의 방식은 초현실주의자들처럼 표류하듯 그 도시의 골목들을 이리저리 흘러다녀 보는 일이다. 60년대의 이른바 상황주의자들(situationnistes)은 표류를 '다양한 분위기들을 서둘러 관통하는 테크닉'이라고 정의하면서 초현실주의자들의 권유를 다시 한번 실천해본다. 도시에 사는 사람은 어떤 뚜렷한 목표를 가지고 자기 집을 나서서 어떤 코스를 따라 걸어나가기도 하지만 오직 그때그때의 기분에 이끌려 그냥 발길 닿는 대로 마냥 걷기도 한다(장 프랑수아 오과야르, 『한 걸음 한 걸음. 일상적인 걷기에 대한 에세이』, Paris, Seuil, 1981 ; 뤼스 지아르, 미에르 마이욜, 『일상의 창조』, (제2권 주(住)와 식(食), Paris, 10/18). 여행자는 자기만의 독특한 길을 창안해내고 개척하면서 처음 와보는 그 도시를 자기 식으로 발견해가려고 노력한다. 물론 나중에 보다 더 의도적으로 다시 찾아올 수 있도록 손에 지도나 약도를 들고 여러 장소들을 하나하나 확인하고 표시해가면서 돌아다니기도 하지만. 장소들이 이끄는 자력만이 도시의 유일한 한계라고 여기며 한가롭게 거니는 여행자의 걸음은 모름지기 그러한 것이다. 그는 이미 일상적인 볼일을 보기 위해서 갔던 길을 또다시 가지는 않는다. 그는 그가 평소에 다니던 낯익은 골목이나 대로를 벗어나고 잊어버린다. 낯설음, 그를 인도하는 힘은 바로 그 낯설음의 빛이다.

중요한 취재를 위하여 외국의 도시에 처음 도착하는 기자들이 있다. 보통의 기자는 곧바로 취재원을 향하여 달려간다. 그러나 대기자는 호텔 방에 짐을 던져놓은 즉시 그 낯선 도시의 거리를 걷는다. 아무런 선입견도 없이, 아무런 목적도 없이 걷는다. 그는 그 도시의 빛이, 그 도시의 냄새가, 그 도시의 소리가, 요컨대 그 도시의 구체적인 삶이 자신의 몸 깊숙이 스며들 때까지 걷는다. 그 전체적 삶의 환경이 그가 취재하는 구체적 문제의 조건이요 바탕이 될 것이다.

도시 안에서 한가롭게 거니는 사람은 혹시 뭔가 유별난 것이 눈에 띄지 않나 싶어 주위를 휘휘 둘러보며 숲속을 지나가듯이 길을 걷는다. '그는 보도 위를 걸으며 식물채집을 한다.' [137] 그는 얼굴들이나 장소들을 유심히 살피고 무슨 신기한 것이 없는지 두리번거린다. 앙리 칼레가 묘사하는 어떤 재미있는 인물은 행인들이 흘리고 간 동전 같은 것이 없는지 땅바닥의 홈들을 뚫어져라 살피면서 걸어간다. 다른 사람들은 아무리 자세히 보아도 아무것도 찾아내지 못하니까 그만 싫증이 나서 눈을 들고 거리의 광경을 바라보며 걷는데 오직 그만이 떨어진 동전을 주워들고 흐뭇해한다. 한가롭게 거니는 사람은 그런 인물과는 정반대다. 그는 마음속의 노래가 흐르는 대로, 그때그때의 직관과 어떤 장소에서 느껴지는 분위기가 시키는 정서적 이끌림에 따라 나아간다. 그러다가 가는 길이 기대에 미치지 못하면 언제든 서슴지 않고 가던 길을 되돌아오거나 옆길로 꺾어져버린다. 그는 장소들의 정령과 관계를 맺고 있다가 아직은 잘 알 수 없지만 존재의 음조가 변하는 어떤 지리적 문턱을 넘어서면 그 다음의 정령과 친해진다.

길을 갈 때 그 길의 멀고 가까움이나 풍경은 보행자 자신의 정서적 조건과 분위기에 따라 달라진다. 피곤함, 서두름, 마음의 한가함의 정도에 따라 길은 걷는 사람에게 순조로울 수도 있고 그렇지 못할 수도 있다. 길의 객관성은 그때그때의 분위기라는 필터를 통해서 걸러진다. 길은 몸에 의한 일종의 적응과정이므로 순수한 현상이라기보다는 심리학 혹은 정서적 지리학에 가깝다. 도시에서

Eugène Atget, *Rue de petit-Thouars*, 1911

의 걷기는 몸속에 간직된 주름이라고 할 수 있다. 나는 지난날 리우 데 자네이루, 리스본, 혹은 로마의 거리들을 걸었듯이 오늘 햇빛이 쨍쨍 내리쬐는 캘커타 혹은 봄베이의 거리를 바지가 땀에 흠뻑 젖도록 끝없이 걷는다. 오직 한 가지 권태가 있다면 그것은 몸의 권태라기보다 어차피 다 채울 길 없는 호기심의 권태다. 나로 말할 것 같으면, 어떤 도시에 대한 참다운 인식은 오직 육체를 통해서만, 기분 내키는 대로 발길 닿는 대로 거리를 걷는 걸음을 통해서만 가능하다고 굳게 믿는 터이다.

한가롭게 거니는 것이야말로 도시에서 걷는 진정한 기술의 이름이다. '한가롭게 거닐다보면 도시의 길은 아파트, 집으로 변해버린다. 그는 평범한 주민이 자기 아파트의 네 벽들 사이에 들어앉아 있듯이 여러 건물의 전면들 사이를 거닐면서 제집에 있다는 느낌을 가진다. 그는 안락한 아파트의 주인이 자기 집 살롱에 걸린 유화를 바라보듯 건물의 벽에 붙은 회사의 이름을 새긴 간판들이 반짝이는 모습을 바라본다. 건물의 벽이 무슨 책상이라도 되는 양 그는 호주머니용 수첩을 벽에 대고 글씨를 쓴다. 신문 잡지를 파는 가판대는 그의 서재가 되고 카페의 테라스는 그가 일을 끝내고 돌아와서 자기 집 실내를 들여다보는 볼록창이 된다.' [138]

행인의 얼굴들이 숲을 이루어 뭐든 다 이해하고 음미

하고 싶어하는 산책자의 예민한 감각 앞에 전개된다.[139] 발터 벤야민은 탐정소설이 도시에서 탄생한 것임을 상기시킨다. 또 보들레르는 '관찰자란 자신의 익명성을 즐기는 왕자'임을 지적한다.[140] 한가하게 거니는 산책자는 딜레탕트 사회학자인 동시에 소설가, 신문기자, 정치가, 일화 수집가의 자질을 갖추었다. 그의 정신은 항상 경계상태에 있으면서도 무사태평해서 그의 섬세한 관찰들이 곧 망각 속으로 흩어지는 경우가 많다. 길을 가다 말고 문득 어떤 카페에서 발걸음을 멈추고 자리에 앉아 잠시 수첩에 메모를 하거나 직업적인 쪽으로 시선이 가고 호기심이 발동한 어떤 사람이 그의 말에 귀를 기울이게 되는 경우라면 예외겠지만.

어떤 도시는 그 안에 사는 주민들이나 여행자들의 발걸음을 통해서 비로소 존재한다. 그들은 도시 안을 이리저리 돌아다니고 사람과 사물을 만나고 상점, 명소, 행정관서, 역의 대합실, 공연장, 카페, 여가를 즐기는 장소 등등과 친해짐으로써 그 도시를 창조하고 그 도시에 생명을 불어넣는다. 거리를 지나다니는 행인들은 그 도시가 불러일으키는 활력 혹은 졸음, 즐거움 혹은 권태의 기호다. 시간의 흐름은 그 도시에서 이루어지는 활동의 특별한 순간들에 박자를 매겨 준다.

새벽거리에 퉁겨져 나온 다소 한산한 행인들은 아직

졸음기가 다 가시지 않았지만 잠자는 시간이 너무 아까웠다는 듯 발걸음이 빨라진다. 지각을 하지 않으려고 걸음을 재촉하다 보니 한가하게 이리저리 살피며 걸을 시간이 없다. 늦도록 귀가하지 않은 야행성의 부류들이나 일찍 일어나는 사람이 간혹 눈에 띌 뿐 거리는 텅 비어 있다. 잠시 뒤에 학동들과 대학생들이 정시 출근의 직장 생활자들과 합류한다. 이 무렵이면 거리에 활기가 되살아나기 시작하고 상점들이 문을 연다. 자동차들의 통행이 많아진다.

이윽고 산책자들, 다시 말해서 시간이 많은 사람들, 장보기를 하러 나온 사람들이 등장한다. 정오가 가까워지면 보행자들의 물결이 눈에 띄게 늘어나다가 차츰 썰물처럼 빠진다. 여름철이면 카페의 테라스에는 인파가 넘친다. 그들은 자신의 앞에 놓인 음식 접시나 음료수 잔의 내용 못지않게 그 앞을 지나는 행인들에게 관심이 많다. 카페가 문득 삶의 풍경이 전개되는 극장의 객석으로 변한다. 카페 앞을 하릴없이 거니는 남자 혹은 여자들이 배우로 변한다.

저녁이 되면서 거리는 차츰 한산해지고 오직 축제꾼들과 야행성 패거리들, 혹은 친구들의 집이나 식당에서 나와 집으로 돌아가려고 발걸음을 재촉하거나 아직도 한동안을 서성거리는 사람들만 남는다. 밤은 경계를 지우고 사물들의 친숙한 의미를 해방시키고 모험의 매력 혹은 미지의 세계에 대한 두려움을 자극한다. 근처에 알 수 없는 위협이 감도는 것만 같다. 거리에 가득해지는 침묵, 드물어지는 자동차와 인적, 이런 것들은 마음속에 이상한 느낌을 자아내는 동기가 된다.

도시에서 걸어다니다보면 여기저기에서 예기치 않은 구경거리들을 만나게 되어 온갖 호기심이 발동한다. 자잘한 사건들이 수없이 끊임없이 일어난다. 어떤 행인들은 기쁨을 자아내기도 하지만 반대로 어떤 행인을 마주치면 난처한 기분이 된다. 그들은 몽상이나 슬픔의 구실이 된다. 시선은 지칠 줄도 모르고 그들의 무한한 다양성을 포착한다. 도시에서의 걷기는 가로, 건물의 정면, 창문, 광장, 기념물, 묘지, 교회, 대사원, 모스크, 노점의 구경이기도 하다.

모든 걷기는 계절을 탄다. 철따라 달라지는 냄새, 광선, 나무, 꽃, 흐르는 물의 수위, 온도의 주기를 접하면서 보행자가 세계와 맺는 관계의 톤이 변한다. 그리하여 기상의 이변이나 되풀이는 눈, 살얼음, 우박, 비, 낙엽 혹은 진창의 경험을 낳고 그것은 전에 한 번도 맛보지 못한 감각들을 일깨우거나 아니면 같은 분위기 속에서 경험했던 다른 순간들의 내밀한 기억을 상기시킨다. 일 년 동안 낮의 길이가 길어지거나 짧아지는 모습도 마찬가지다. 겨울에는 해가 짧아져서 늘 하는 일도 밤과 아침과 저녁에 걸쳐서 하게 된다. 여름날은 길어서 이곳저곳 카페의 테라스에서 발걸음을 멈추는 일이 많아 귀가시간이 늦어진다.

물론 피에르 상소가 말하듯이 '도시는 지구가 둥글다는 사실을 잊어버리게 만든다.'[141] 도시는 우리를 땅에서, 산에서, 숲에서, 들에서 벗어나게 만든다. 작은 마을에서는 사람들이 해와 바람과 샘과 들어가고 나온 지형의 기복에 만족하는 가운데 주위환경과의 강한 감각적 관계 속에 얼마 안 되는 몇 채의 집들이 지어져 있다고 알랭은 말했다. 반대로 도시는 모든 것을 사람과 인공적 물건으로 뒤덮어버렸다. 눈에 보이는 것은 유리와 아스팔트와 콘크리트뿐이다. 이리하여 야외에서 실감할 수 있는 계절의 특징들이 도시에서는 한갓 기호로 나타난다. 계절이 변하면서 달라지는 것은 시장의 진열대(그러나 그 변화마저 점점 더 식별하기 어려워진다. 저장기술이 발달한 덕분에 우리는 이제 겨울에도 맛없는 복숭아와 딸기를 먹을 수 있게 되었다), 도시의 전체적 분위기, 행인들의 의상, 어떤 냄새들, 나뭇잎새, 어렴풋이 알아차릴 수 있는 몇 안 되는 징후들이 그것이다. 실제로 도시는 계절과 아무 상관이 없다. 도시는 보행자에게 그 고유한 달력을 보여준다. 그 달력은 보통 달력과 전혀 다른 범주에 속하는 것이다. 도시에는 전원의 그것과 전혀 다른 명절이 있다. 성탄절의 불빛과 꽃 장식, 새해의 불꽃놀이, 인도에 내놓은 테라스 좌석, 진열장 장식, 장이 설 때마다 달라지는 광고 이미지 등등이 그것이다. 자연의 변화에 따른 명절이 아니라 상품과 공동생활의 명절. 도시를 사랑하는 사람들은 이십여 년 전만 해도 이 도시 저 도시를 뚜렷하게 구별지어주던 특징들이 점차로 사라져가는 것을 아쉬워한다. 이제는 도처에 똑같은 상점들, 거의 똑같은 점원들, 똑같은 식당들, 똑같은 영화관들, 어디나 똑같이 비좁은 공간을 가득 채우는 자동차의 물결뿐이다. 피에르 상소는 도시풍경의 획일화를 개탄한다. '브레스트에 가면 대양을 느끼게 하는 도시, 하다못해 바닷가 도시를 만날 줄 알았다. 그런데 시내를 돌아다녀보면 눈에 띄는 것은 아랍식 쿠스쿠스집, 알자스식 맥주집, 패스트푸드점, 그리고 어쩌다가 크래프 빈대떡집이 있어도 어이없게 그것마저 브르타뉴식이 아니다. 이런 판이니 나로서야 오랫동안 사물들이 그것 본래의 이미지를 간직한 채 제자리에 놓여 있는 것을 보고 신기해하는 것이 당연하지 않은가.' [142]

도시에서의 걷기가 계절을 탈 때도 있지만 그것은 또한 그 도시의 거리들이 제공하는 구경거리나 사람을 이끄는 힘 혹은 한가하게 거니는 사람의 기분을 거스르는 거부감에 좌우되기도 한다. 순전히 기능적일 뿐 사람을 아랑곳 않는 밀집공간인 어떤 구역에서는 가정이 성역이다. 도시는 음울하고 무미건조하여 그 속을 걷는 것이 영원한 고해의 길만 같다. 그런가 하면 끝없이 이어지는 긴 주택가의 거리나 자동차들만이 끊임없이 지나갈 뿐 사람이 살지 않는 건물들의 거리는 보행자에게 일종의 덫이다. 그는 길을 잘못 접어들었다는 것을 깨닫고 오던 길을 되돌아나오며 다시 한번 따분한 기분에 빠지지 않을 수 없다. 그런가 하면 또 다른 곳은 상점, 노점, 회전목마, 카페, 공간 속에 흩어져 있거나 밀집되어 있는 기념물 등으로 인하여 매우 번화하게 느껴진다. 그러나 전세계의 대도시들이 보여주는 상품들의 축제는 하나같이 진부하여 서로 구별이 되지 않는 경향이 있다.

투르의 루아르강, 바라나시의 갠지스강 같은 대하의 물굽이, 로잔이나 인도의 우다이푸르에서 볼 수 있는 호숫가의 둑길, 네팔의 포카라나 스리랑카의 칸디, 혹은 마르세유나 살바도르 데 바이아에서 볼 수 있는 바다의 장관, 리오의 모로스, 그르노블이나 카트만두의 산악은 도시인에게 영원한 소실점을 제공하고 도시의 자력이 모이는 극점을 이룬다. 발걸음이 끊임없이 보행자를 이끌고 가는 곳이 바로 거기다. 집들 사이로 흐르면서 길들에 그 유별난 윤곽을 부여하는 물은 일종의 성스러운 삽입절과 같아서 보행 코스에 각별한 매력 포인트가 되어 주변의 공간에 매혹적 지배력을 행사한다. 사람들은 카페나 역에서와 마찬가지로 물이나 지형적 기복, 기념물이나 공원 같은 것을 염두에 두고 서로 만날 장소를 정한다. 마치 도시가 그런 장소들의 연장에 불과하기나 한 것처럼 기억은 항상 그리로 되돌아온다. '어떤 도시에 내려앉은 강은 마치 어느 날 그 도시를 싣고 온 세상을 돌아다닐 수 있을 하나의 섬이나 마찬가지다. 빠른 흐름, 가볍게 파닥거리는 날개, 강을 가진 도시들은 날개 달린 도시들이다.' [143]

아시아의 도시들에서 거닐다 보면―특히 인도의 경우가 그런데―기막힌 무질서를 목격하게 된다. 대개 사람이 걸어다닐 수 있는 인도는 아예 있지도 않거나 있더라도 온갖 탈것들이나 상인들이 온통 다 차지하고 있다. 그렇지 않으면 노점상인이 좌판을 벌여놓고 있다. 오토바이, 자전거, 자동차, 물소나 말 혹은 낙타가 끄는 수레, 트럭, 버스, 릭샤 따위 외에도 거리에는 암소, 염소, 개, 닭 등이, 포도에는 거지 떼들이 득실거린다. 이 기막힌 콜라주는 대개 짐승들에게 더 유리한 쪽으로 귀착된다. 특히 암소들은 심지어 대로상에서 어슬렁거리다가 아무 데고 편안하게 엎드려 쉬면서 만인의 존경을 한몸에 받는다. 서양사람의 눈에는 도처에 널린 것이 구경거리다. 후각 역시, 그러나 장소에 따라 상반된 방식으로 자극을 받는다. 고추, 과일, 수많은 꽃들의 냄새가 풍기는가 하면 그와 동시에 자동차 배기 통에서 뿜어 나오는 매연, 타이어 타는 냄새, 그리고 수많은 쓰레기장에서 솟아나는 냄새 또한 만만치 않다. 콜롬보, 마드라스, 봄베이, 카트만두 등의 어떤 거리들은 너무나 공기가 탁해서 그곳 주민 자신들도 더위 때문에 더욱 견딜 수 없게 된 오염을 피하기 위하여 최근에는 손수건이나 마스크를 착용하고 걸어다닐 정도가 되었다. 그리고 또한 가장 조용한 지역에서는 거의 도처에서, 특히 인도 위에 마련한 제단이나 길가에 있는 사원에서 피우는 향 냄새나 음식 만드는 냄새가 코를 자극한다.

길을 지나다니는 각종 교통기관과 혼잡하기 이를 데 없는 거리에서, 심지어 아예 인도가 없는 길에서까지, 최대한 요란하게 소리를 내면서 차를 모는 운전자들 덕분에 청각은 별로 맥을 추지 못한다. 매순간 오토바이나 자동차 혹은 릭샤나 버스가 경적을 울려대면서 보행자들에게 당장 비키지 않으면 깔아뭉개버리겠다는 듯 위협하며 자신들의 존재를 시위한다. 그러나 요령 있게 몸을 비키는 것은 인도 사람들의 육체적 테크닉의 일부를 이룬다. 네팔이나 스리랑카만 해도 공격성의 강도는 훨씬 덜하다. 도처에서 확성기들이 인도 위로 음악을 쏟아붓는다. 사원이나 정원 안으로 들어서거나, 도로의 상태가 상태인지라 탈것들이 접근할 수 없는 조용한 구역으로 가게 되면 거의 관능적이라 할 수 있을 기막힌 침묵과 고요를 맛보게 된다. 한편 피부는 견디기 어려운 더위 속에서 고달픈 시련을 겪는다. 이 경우 물이 있는 곳이면 어디서나 (심지어 시궁창 가까운 곳에서까지도) 멱을 감는 아이들을 바라보는 심정은 거의 형벌에 가까워진다. 특히 카트 만두에서는 웅덩이, 심지어 물이 흐르는 가트(화장장) 어디서나 아이들은 신이 나서 물장구를 친다. 그 광경을 보면서 땀에 젖은 서양 여행자는 어서 호텔로 돌아가 샤워할 수 있기만 고대한다.

걷기의 리듬

보도는 산책의 온갖 리듬들을 모두 다 수용하는 열린 공간이다. 나이 많은 노인의 느린 걸음이나 어린아이의 정신없는 질주, 서둘러 일터로 가는 직장인의 분주한 발길, 길을 가다가도 호기심을 끄는 것이 있으면 끊임없이 발걸음을 멈추고 두리번거리는 관광객의 무사태평, 일용할 양식처럼 사소한 인상들을 수집하고 저장하는 산책자의 느긋한 걸음. 좁은 보도에서, 수많은 회랑과 복도에서, 이 다양하고 때로는 서로 상충되는 리듬들이 서로 부

Walker Evans, *Main Street, Saratoga Springs, New York*, 1931

딪친다. 대부분의 행인들은 장소이동이라는 지상명령에 따라 움직인다. 그들은 도시의 곳곳을 기웃거리며 빈둥대기 위하여 거기 있는 것이 아니라 누군가를 만날 약속, 타야 할 기차가 있어서, 어서 집으로 돌아가기 위하여, 출근시간에 늦지 않기 위하여 거기 있는 것이다. 어떤 장소에서는 표준적인 걸음걸이가 요구된다. 그리하여 나이 많은 노인이나 장애인, 혹은 길을 찾는 중이어서 우물대는 사람은 다른 사람에게 떠밀리거나 별로 상냥하지 못한 잔소리를 듣기도 한다.[144] 도시는 시간을 허송하지 않으려고 고심하는 가운데 거쳐 가야 할 코스의 일부로 변하고 만다. 기능성이 그 무엇보다도 우선한다. 아프리카의 세네갈에서 이민 온 한 젊은이는 파리의 지하철 통로의 경험을 이렇게 털어놓는다. '아이, 살살 좀 해! 서두르는 꼴이 꼭 미친 사람들 같잖아. 친구가 내게 이렇게 설명했다. 여긴 원래 그래. 모두가 다 바쁘거든. 저녁 대여섯 시쯤 된 늦은 시간이었다. 모두가 다 일터에서 돌아오는 시간이었다. 그래서 내가 말했다. 사람들이 나를 떠밀고 치잖아. 친구가 대답하기를, 모두가 다 빨리 가야겠으니까 떠미는 거지……. 내가 물었다. 왜 그러는 거야? 전쟁 났어? 친구가 내게 말했다. 아니, 전쟁은 아니고, 모두가 다 빨리 집에 돌아가려고 서두르는 거지.'[145] 참을성 없는 사람에게는 절망적일 정도로 느린 다른 사람들의 몸뿐만 아니라 자기 자신의 몸도 전진의 방해물이다. 그 수많은 모퉁이들에도 불구하고 도시의 보도는 지체 없이 거쳐가야 할 직선이다. 짐멜은 항구적이고 변화무쌍한 자극, 휴식을 모르는 리듬과 더불어 도시를 특징짓는 것은 바로 '탄력 있는 생활의 밀도'라고 지적한다.[146) 바쁘게 서두르는 사람이 거리를 단지 기능적인 장소이동의 공간으로 전락시키는 것이라면 동시에 어린아이들은 그와 반대로 도시의 거리를 학교와 가정이라는 두 가지 제약 사이에 자리잡은 신나는 놀이의 공간으로 탈바꿈시켜놓는다. '어린이들은 길에서 마치 쉬는 시간에 뛰어 노는 운동장인 양, 다시 말해서 직선적이지 않은 어떤 공간인 양 행동한다. 그들은 한 지점에서 다른 지점까지 가장 가까운 길로 이동한다고 의식하는 것이 아니라 길에 설치된 이 암거에서 저 맨홀 뚜껑까지, 이 표시에서 저 테두리까지 가는 것이 관심사다.'[147) 어린아이들은 항상 예측불허의 산책자들이다.

도시에서 걷는다는 것은 긴장과 경계의 경험이다. 자동차 운전은 도로교통법에 준하여 이루어지는 것이 원칙이긴 하지만 가까운 곳에 자동차들이 달리고 있다는 것은 끊임없는 위험을 의미한다. 잘 살펴보지 않고 길을 건너거나 인도에서 벗어나는 일이 없도록 정신을 바짝 차리고 있지 않으면 안 된다. 어떤 도시에서는 아예 인도 같은 것은 있지도 않아서 달리는 자동차들 바로 옆을 걸어갈 수밖에 없는 경우도 있다. 프랑스에서는 보도가 보행자들을 보호하고 질주하는 자동차들로부터 격리된 공간을 마련한다는 본래의 사명을 상당 부분 상실한 것이 사실이다. 시간이 가면서 그 면적이 눈에 띌 정도로 줄어들었고 도로가 인도를 잠식한 나머지 건물과 도로 사이의 완충지대로서의 기능을 제대로 하지 못하게 된 것이다. 전에는 보도가 진열장들과 집들을 따라가면서 떳떳하게 공간을 확보해주고 있었다. 그러나 통행량과 공간 점유가 늘어나면서 자동차들이 인도나 작은 광장을 점령하여 주차하는 경우가 늘어났다. 인도나 광장은 사용할 수 없거나 다니기 힘든 공간으로 변하여 보행자는 차도로 내려서서 걷거나 모로 서서 통과하지 않을 수 없게 된다. 농촌에서나 도시에서나 자동차는 보행자의 절대적인 적이 되고 말았다. '보도는 이제 더 이상 차도를 따라 이어지는 제방이 아니다'라고 케이롤은 지적했다.[148] 아직도 길 바로 옆에 사는 사람들을 길갓집 주민(riverain)이라고 부르고 있지만 그것은 이제 시대착오적인 이름이 되고 말았다. 지난날처럼 집 앞 길가에 의자를 내놓고 앉아서 지나가는 사람들을 바라보는 여유는 생각도 할 수 없게 되었으니 말이다. 그럴 만한 공간이 없는 것이다. 이따금 길가에는 코앞에 지나가는 자동차들을 바라보며 앉을 수 있는 벤치가 있기도 하지만 정말 너무나 지쳐서 어쩔 수 없는 경우를 제외하고는 앉을 생각을 않는 것이 좋다. 이런 도시에는 몸이 없다. 다시 말해서 사람의 몸은 없이도 지낼 수 있는 거추장스럽고 고생스러운 장애물로 전락한 것이다.

듣기

프루스트의 『갇힌 여자(La Prisonnière)』나 쥘 로맹의 『선의의 사람들(Les Hommes de bonne volonté)』에는 하루의 시간 시간마다 수없이 많은 장사꾼들이 독특한 소리로 외치고 다니면서 도시 공간을 가득 채우는 장면이 그려져 있다. 이제 우리가 걸어가는 도시의 길에서 그런 소리들을 들을 일은 없어졌다. 그런 외침 소리들은 사라지고 그 대신 자동차의 소음과 상점들의 보다 효율적인 확성기 소리만 가득하다. 도시의 길을 걷는 사람은 흔히 유쾌하지 못한 소리의 공간 속에 몸을 두고 있다. 소음은 부정적인 값을 지닌 소리요 침묵이나 보다 낮은 음향에 대한 공격이다. 소음은 당하는 사람에게는 자유로운 느낌을 구속하는 공격이다. 소음은 고통이다. 소음은 공간을 그윽하게 즐기는 것을 방해한다. 그것은 세계와

Louis Stettner, *Freight Cars*, 1954

자아 사이에 견디기 어려운 간섭현상이 나타나고 있음을 말해주는 것으로 진정한 의사소통을 왜곡시키는 동시에 불안과 초조를 야기하는 기생적 정보들을 생산한다. 주변에서 나는 소리가 의미의 차원을 상실하고 무방비상태의 개인에게 공격적인 방식으로 그 존재를 강요할 때 소음의 느낌이 생겨난다. 이제 도시는 소음의 동의어가 되었다.

기술의 발전과 더불어 일상생활 속에 파고든 소음의 증가와 그 지나친 영향을 통제할 수 없다는 무력감은 피할 수 없는 것이 되어버렸다. 기술적 진보의 뜻하지 않은 결과인 소음은 안락의 이면에 서린 그늘이다. 그것은 최근의 문제는 아니지만 특히 50, 60년대부터 그 정도가 심해졌다. 자동차, 오토바이, 트럭, 버스, 전차, 공사장, 앰뷸런스나 경찰차의 사이렌, 느닷없이 작동된 경보기, 거리나 상점에서 손님을 끌기 위하여 확성기로 쏟아내놓는 음악이나 선전, 아파트의 창문을 열어놓은 채 볼륨을 최대한으로 높여서 트는 전축의 음악, 휴대전화의 벨 소리, 건물을 유지 보수 건축하는 공사, 낡은 건물을 철거하는 소리 등등 도시에는 온갖 소음들이 서로 뒤섞이면서 항시 시민들의 걸음을 동반한다.

도시의 곳곳이 소음으로 가득하다. 사람이 사는 집들은 이웃의 거리나 가까운 아파트들에서 나는 소리들의 침투를 충분히 막지 못한다. '이제 부(富)는 개인이 낼 수 있

는 소리들의 원천이나 파장을 기준으로 측정된다.' [149] 도
시에서 무제한으로 발생하는 소음과 끊임없이 돌아다니
는 자동차들로는 부족하다는 듯 우리 사회는 거기에다가
새로운 음향의 원천들을 추가한다. 상점, 카페, 식당, 호
텔, 공항 등을 가득 채우는 분위기 음악이 그것이다. 마치
사람들이 이야기를 주고받는 장소들에서 사실은 아무도
귀를 기울이지 않는, 뿐만 아니라 때로는 사람들을 거북
하게 하는, 그러나 오직 안도감을 주는 메시지를 전파하
겠다는 목적이 전부인 음향으로 침묵을 푹 적셔놓아야겠
다는 듯이 말이다. 이런 음악은 아무 할 말이 없으면 어
쩌나 하는 막연한 두려움을 막아주는 비법으로, 갑자기
없어지면 부쩍 초조해지는 안도감을 보장하기 위한 음향
적 탕약으로 고안된 것이다. 분위기 음악은 어떤 침묵공
포증을 막아주는 효과적 방패가 되었고 상업적 활기가
넘치는 가운데 행인들을 공격적으로 유인하는 수단으로
변했다.

항구적으로 소음이 가득한 도시 생활에 길이 든 도시
인에게 어떤 침묵의 순간이 갖는 의미는 농촌 사람들이
느끼는 그것과는 전혀 다르다. 자동차나 가까운 공사장
의 소음이 좀 덜해지기만 해도 그는 다시 침묵이 되살아
났다고 느낄 테지만 농촌사람은 그 배경처럼 울리는 소
리의 불쾌감을 계속 느낄 것이다. 그러나 도시인은 침묵

이 지배하는 공간에서는 마음이 편하지 못하다. 그는 침묵에 두려움을 느낀 나머지 얼른 큰 소리로 말을 하거나 자동차의 라디오나 시디 음악을 켜서 안도감을 주는 소리를 추가하고 누구에게건 휴대전화를 걸어서 자기의 존재를 확인받고자 한다. 소음에 길이 든 사람들에게 고요한 침묵의 세계는 결국 표적이 사라진 불안의 세계가 되고 만다. 갑자기 떠들썩한 소리가 딱 그쳐버리면 기분이 으스스해지기 쉽다. 그것은 곧 엄청난 재난이 발생하기 직전의 정지순간처럼 느껴져서 길갓집에 사는 사람들은 공연히 겁을 내며 창가로 다가가 밖을 내다보는 것이다.

떠들썩한 소음 가운데서 걷는 사람이 태연하고 고요한 상태를 유지한다는 것은 자기통제의 일정한 경지에 이른 사람 특유의 개인적 태도와 내면적 규율을 말해주는 것이다. 그는 어떤 감각의 막을 쳐서 거북한 느낌을 몰아내고 더 이상 소음을 듣지 않겠다는 결단에 의하여 의식적으로 공해로부터 거리를 유지하며 어떤 상상의 힘을 발동하여 공해의 피해를 완화시키게 되기 때문이다. 예를 들어서, 바슐라르는 어떻게 하여 그가 사는 파리 거리에서 나는 요란한 굴착기 소리를 마음속에서 자신의 시골 고향마을에서 듣던 청딱따구리 소리로 변화시켜 상상함으로써 그 소음을 제압할 수 있었는지를 이야기한다. 여러 사회들은 다른 곳에서 참기 어려운 것으로 치부되어

Beato, *Tycoon's Halting Place on the Tocaido Hasa*, 1868

있는 소리들을 유난히 호의적으로 받아들인다. K.G.뒤르켐은 동시에 소리와 침묵의 달인들의 나라인 일본과 관련하여 이러한 태도를 나름대로 해석해본다. 일상생활은 도시의 소란으로 떠들썩하고 확성기들에서는 지칠 줄 모르고 메시지와 경고와 충고가 반복된다. 음악은 대중교통에서 승강기에 이르기까지, 식당에서 화장실에 이르기까지 모든 공공장소를 그 달착지근한 분위기로 감싸면서 집요하게 침묵을 몰아내는 일에 몰두한다. 집집마다 켜놓은 텔레비전에 귀가 멍멍해진다. 아침부터 저녁까지 그칠 줄 모르고 쏟아내놓는 각종 음향과 소리들은 서양사람들의 신경에 참기 어려운 시련이다. 그렇지만 일본사람들은 망치로 때리는 듯한 그 소리를 못 들은 척 태연한 반응을 보인다. K.G.뒤르켐은 일본사람들이 소음에 대하여 취하는 마음자세의 한결같음이 정신교육의 결과라고 분석한다. 일본인은 자신의 내면 깊숙한 곳에 문을 닫고 들어가 앉아 있으므로 일상적인 세계의 표면적 현상에 흔들리지 않는 것이다. 내면으로의 피난을 통해서 외부의 소란으로부터 보호를 받는 것이다. 뒤르켐에 따르건대 고즈넉한 마음의 평화를 구하는 데 있어서 서양인이 다른 모든 자원을 버려둔 채 오직 외면만을 우선시하는 데 비하여 반대로 일본인은 세계와의 관계에 개인적인 내면의 침묵을 스며들게 함으로써 적절한 거리를 유지한다는 것이다.

도시 안에서 각종 예배의 장소들, 공원, 묘지 등은 소음으로 포위된 침묵의 영토를 형성하여 주변의 소란을 벗어난 짧은 휴식과 묵상의 순간을 얻게 해준다. 우리는 그런 곳에서 가쁜 숨을 돌려 마음을 가다듬고 장소의 혼이 마련해주는 품안에 안겨본다. 침묵은 세계 속에 그 고유한 차원을 마련하고 사물들을 어떤 밀도로 감싸서 그 사물들을 바라볼 때 각 개인의 시선이 갖는 몫을 망각하지 않도록 해준다. 거기서 흐르는 시간은 서두름을 모른다. 그 느릿느릿한 시간이 휴식과 명상과 한가한 산책을 권유한다. 침묵이 깃들인 이런 장소들은 도시 풍경 가운데서도 돋보이는 공간으로 일시에 가장 적합한 자기집중의 환경을 제공한다. 우리는 그런 침묵의 공간에서 잠시 마음을 추슬러 내면성을 충전시킨 다음에 도시로 되돌아가 소란이나 자신의 일상생활을 다시 만난다.

보기

시각은 도시의 사회성을 경험하게 해주는 가장 대표적인 감각이다. 행인은 쉴 사이 없이 도시가 보여주는 온갖 스펙터클(상점의 진열장, 광고, 교통기관의 끊임없는 왕래, 보행자, 사소한 사건들 등등)의 유혹과 자극을 받는다. G.짐멜은 20세기 초에 그 사실을 예감하고서 이렇게 지적했다. '대도시에 있어서 인간들 상호간의 관계는 소도시의 그것과 비교해볼 때, 청각보다 시각이 훨씬 더 주도적인 역할을 한다는 점을 특징으로 한다. 그것은 단순히 소도시의 경우 길거리에서 마주치는 사람들이 대부분 늘 서로 한두 마디씩 건네고 지내는 아는 사람이어서 얼굴만 보아도 그 인격 전부를 짐작할 수 있기 때문만이 아니다……. 그것은 무엇보다도 공적인 의사소통 수단 때문이다.' [150] 거리두기와 재현의 감각, 나아가서 감시의 감각인 시선은 시민이 자신의 주변공간을 소화 적응하는 가장 중요한 수단이다. 도시는 계속적으로 행인들을 바라보는 시선의 자리에 위치시킨다. 도시는 무수한 얼굴들의 숲을 보여준다. 도시에서 산책한다는 것은 끊임없이 자신의 주변에서 타자들을 바라본다는 것, 그와 동시에 그들의 시선에서 결코 벗어나지 못한다는 것을 의미한다. 이처럼 서로서로를 바라볼 수 있는 가시성은 행로의 막힘 없는 흐름을 보장하고 행인들이 원칙적으로 부딪치거나 떠밀리는 일이 없이 자신의 길을 갈 수 있도록 인도해준다. 장소이동 과정에서 실수를 범하는 사람은 그래서 '앞을 똑똑히 보고 가셔야지요!' 하는 예의 경고를 받게 된다.

Strand, *Wall Street, New York*, 1915

타인의 외관과 태도를 해독함으로서 우리는 원칙적으로 장차 취하게 될 다음 행동을 예견할 수 있고 스스로 서투른 행동을 하지 않을 수 있게 된다. 시선의 교환은 군중들 속에서 장소이동을 효율적으로 관리하는 데 그치는 것이 아니다. 그 같은 시선의 교환은 타자에 대한 파악은 물론 인근에 있는 얼굴들의 호기심, 그 한순간에 절실한 이미지들을 수집하는 산책객의 정서를 인도한다. 서로 눈앞에 현존하는 상대방의 자질을 순간적으로 평가하면서 각자는 때때로 어떤 가벼운 회한을 맛보기도 하고 또 어떨 때는 만남으로의 행동으로 선뜻 나서기도 한다. 만화경 같은 미세한 감정의 파장들이 산책자의 마음을 뚫고 지나간다. 가끔 그는 그 덧없는 인상들을 음미하는 미학자가 되어 어느 카페의 테라스에 가 앉고 그의 시선은 지나가는 군중 속을 하염없이 헤맨다. 다른 사람을 본다는 것은 어떤 몽상을 시작한다는 것이다. 짐멜은 말한다. '눈은 한 걸음 더 나아가서 우리에게 타자의 존재가 지속해온 과정을 경험하게 하고 그의 생김새의 기본적 형상 속에 숨어 있는 과거의 침전물을 읽을 수 있게 해준다. 이리하여 우리는 그의 삶을 구성하는 숱한 연속적 행위들이 이를테면 눈앞에 동시적으로 불쑥 나타나는 것을 볼 수 있는 것이다. 도시란 그 물질적, 체험적 구성요소들로 볼 때 시선에 바치는 끊임없는 찬사라고 할 수 있다.'

느끼기

걷는다는 것은 더위와 추위를, 바람과 비를 만난다는 것이다. 도시는 하루의 시간대나 계절에 따라, 그리고 햇빛이나 소나기로 인하여 피로해지고 뜨거워지고 때로는 더욱 생기를 얻는 개인의 육체적 상태에 따라, 피부에 변화무쌍한 촉감을 느끼게 한다. 비는 대자연의 한 자기발현의 형식으로 대자연의 원소들에 대한 도시의 승리가 일시적일 뿐임을 상기시켜준다. 한순간 비는 하늘과의 경계를 지워버리고 물과 도시를 어떤 우주론 속에 하나로 합쳐서 거리에서 인간들을 쫓아버리고 잠시 동안 신들이 그 공간 전체를 장악하게 한다. 비의 경험은 몸이 겪는 경험이다. 물방울들이 얼굴을 후려치면서 머리털과 신발을 적신다. 그 물방울들은 깜짝 놀란 행인을 떨게 하기도 하고 서늘한 기분을 만끽하게도 하고 때로는 온몸을 얼어붙게도 한다. 비가 오면 우리는 물웅덩이를, 하수구의 세찬 물살을, 쏟아지는 홈통의 폭포를 건너뛰어가지 않으면 안 된다. 놀란 행인은 이곳에서 저곳으로 뛰어가 비를 긋는다. 다행스럽게도 인간은 설탕으로 만들어진 것이 아니어서 이 갑작스런 물의 공격에 녹아 없어질 걱정은 안 해도 된다. 비는 도시풍경을 휘젓고 그 색깔을 바꾸고 공간을 어둡게 한다. 평소의 판에 박힌 체면의식

같은 것은 어디론가 사라져버리고 가장 뻣뻣하고 우월감에 넘쳐 있던 남자 여자들도 일체의 사교적 예절 따위는 아랑곳하지 않은 채 빗속을 뚫고 피할 곳을 찾아 달린다. 비는 예의범절을 벗어난 여백과도 같다. 그렇지만 뜻하지 않은 장애물에 걸려 비틀거리거나 미끄러워진 포도에서 미끄러지는 사람의 본의 아닌 실수를 물론 우리는 미소와 더불어 공감한다. 비는 우리가 평소에 쓰고 있던 가면을 벗기고 우리들 저마다를 겸허한 인간조건으로 환원시켜준다.

그러나 비는 관례적인 형식을 깨고 더러는 의외의 만남을 만들어내기도 한다. '비가 오면 사람들은 공동의 적에 대항하여 하나가 된다. 시민들은 대담하게 모르는 사람끼리도 서로 말을 건네고 이야기를 나눈다. 심지어 어느 한순간 사람들은 차라리 비가 대홍수로 변해버렸으면 하는 마음마저 생기고 그리하여 극단적인 위험의 상황에 대처하기 위하여 인간들이 서로 화해하고 하나가 되기를 바라는 심정이 되기도 한다.'[151] 또 다른 곳에서는─나는 인도에서 겪은 수많은 경험들을 기억한다─불과 몇 분 사이에 길거리가 물바다로 변하여 상품진열대가 무너지고 걷잡을 수 없는 교통혼잡이 발생한다. 어느 여름날, 직사광선이 쏟아지는 가운데 바라나시의 가트들 근처에서 오랫동안 걸어다니다가 돌아오려는데 갑자기 비가 퍼붓기 시작했다. 가트 주변을 어슬렁거리는 암소, 염소들은 비가 쏟아져도 아무 반응이 없는 데 비하여 개들은 혼비백산하여 뛰어갔다. 불과 몇 분 사이에 길이 도랑으로 변했다. 불과 몇 분 사이에 물이 종아리까지 차올라 우리는 인도의 거리를 기묘한 형상으로 바꾸어놓고 있는 그 무수한 구멍들 중 어느 하나에 빠지는 일이 없기를 하느님께 빌면서 쓰레기가 둥둥 떠다니는 길을 헤쳐나갈 수밖에 없었다. 사정없이 퍼붓는 빗속을 온몸이 흠뻑 젖은 채 1킬로미터는 좋이 걸어가서야 발이 어디에 놓이는지 눈으로 확인할 수 있는 맨땅이 나왔다. 그밖에도 캘커타, 봄베이, 혹은 고아 등지에서 하루 종일 전신이 푹 젖은 채 걸었던 경험은 얼마든지 있다. 금년 어느 날 저녁, 포카라에서 바로 이 글을 쓰고 있던 무렵, 하늘에 구멍이라도 난 듯 갑자기 비가 쏟아지면서 거리가 물바다로 변하더니 급기야 전기마저 나가면서 한순간 암흑세계로 변한 도시에 천둥번개가 세상을 흔들었다. 우리는 작은 호텔에서 상당히 떨어진 곳에서 식사를 하고 있었으므로 무릎까지 빠지는 물속을 걸어서 예측불허의 구멍들 속에 발을 헛디디기도 하고 가옥들의 벽 근처에 빽빽하게 모여서 요지부동인 암소 떼들을 비켜가기도 하며 칠흑 같은 어둠을 간간이 비치는 번갯불로 길을 더듬어 짐작하며 돌아오지 않을 수 없었다. 목적지에 도착하기까지 그야말로 기막힌 항해였다. 그 모든 것이 오늘에 와서는 오히려 익숙해졌다. 잠시 동안의 어려운 한때였지만 그 경험은 도시 속의 보행에 유별난 양념이 되어 영원히 잊을 수 없는 추억이 되었다.

한편 살얼음판으로 말해보자면 그것은 마치 걷는 동안에 마주치는 무슨 기상학적 질병 같은 것이다. 살얼음이 덮인 길은 보행의 희화요 조롱이다. 그 위에서 우리는 보행의 그 미묘한 균형을 잃게 된다. 넘어지지 않으려고 애를 쓰다보니 우스꽝스러운 동작으로 우스꽝스런 모양을 연출하기 십상이다. 반면에 눈은 풍경을 부드럽게 만들어주고 거리를 한 가지 색과 모습으로 단일화한다. 그리하여 우리는 동화 같은 세계 속으로 들어선 느낌을 받는다.

냄새 맡기

도시에서는 그 위치, 동네, 거리에 따라 여러 가지 묘한 냄새들이 보행자를 따라다닌다. 길가의 노점들에서는 하루의 시간대에 따라 그 인근에 독특한 후각적 기호들이 뿜어나온다. 양고기, 소시지, 생선 굽는 냄새, 꼬치구이의 그 들큰한 냄새, 밀가루 음식 냄새, 화덕 밖으로 발산되는 구수한 빵 냄새. 때로는 풍로 위에서 끓고 있는 요리들이 열어놓은 창문 너머로 초대장을 뿌리면서 지나는 행인을 양념이나 소스 냄새, 축제의 냄새 등 음식의 몽상 속으로 인도한다. 그런 냄새를 맡고 있노라면 왜 인간에게는 신들처럼 냄새로 영양분을 섭취할 능력이 없는 것인지 아쉬워진다. 만약 인간에게 그런 능력이 있었더라면 그 같은 냄새의 향연은 그 무엇과도 비길 수 없는 풍요를 제공했을 터이고 부자나 가난한 사람 관계 없이 누구나 그 향연의 즐거움을 누릴 수 있었을 것이니 말이다.

인도를 따라 걷다보면 스쳐 지나가는 여인들이 풍기는 향수 냄새, 비누 냄새, 로션 냄새가 우리의 감각과 상상력을 자극한다. 쥐스킨트의 소설 『향수』의 주인공 그르누이는 절대적인 후각능력을 갖추고 있어서 지나가는 행인 한 사람 한 사람의 내밀한 냄새로 그의 영혼의 감각적 몫을 읽어 냄으로써 그 사람의 본질을 적나라하게 포착한다. 그러나 원칙적으로 인간에게는 그 같은 능력이 주어지지 않았다. 철따라 달라지는 나무, 꽃, 잎, 과일들의 냄새, 비 온 뒤의 흙 냄새, 고여 있는 하수도 냄새, 메마른 땅 냄새. 그리고 때로는 근처의 공장에서 풍기는 좋지 못한 냄새들도 있다. 가죽공장이나 화학제품을 다루는 공장에서 나는 코를 찌르는 악취, 혹은 자동차나 오토바이에서 뿜어나오는 보다 평범한 매연 냄새도 도시의 후각 풍경을 구성하는 한 요소다.

걷기의 정신성

Nègre, *Chartres Cathedral : Part of the Porch of the North Transept*, 1851

대기 속을 흐르는 바람에 실린 채 창공과 대지와 조화를 이루며 이 지평선에서 저 지평선으로 푸른 하늘을 자유롭게 떠다니는 여름날의 구름이 그러하듯, 땅 위의 순례자는 가장 먼 지평선 저 너머, 이미 그의 내면에 현존하지만 아직 그의 눈에는 보이지 않는 그 어떤 목표를 향하여 그를 인도해가는 보다 더 광대한 생명의 숨결에 몸을 맡긴다.

— 라마 아나가리카 고빈다, 『흰 구름의 길』

정신적 순회

옛날 그리스에서는 에게해에 있는 시클라드 제도 중에서 가장 작은 섬인 델로스나 아폴로의 신탁을 받은 무녀 피티아로 유명한 델포이의 순례가 널리 알려져 있었다. 성서에 나오는 백성들은 가장 전형적인 순례자들이다. 아브람은 히브리 사람들을 이끌고 갈대아 우르를 떠나 야영에 야영을 거듭하며 약속의 땅을 향해 걸어간다. 아브람과 그의 자손들은 가나안에 자리를 잡는다. 이것이 바로 역사 속에 기록된 긴 장정의 첫 번째 에피소드다. 수백 년이 지난 뒤, 히브리 사람들은 노예나 다름없는 생활이 고작이었던 이집트를 탈출한다. 모세의 보호 아래 사막 속 200킬로미터를 걸어가는 데 무려 사십 년. 기원전 586년 바빌론의 왕 느브갓네살이 예루살렘을 점거하고 바빌론에서 유태인들을 추방한 이후 모든 유태인들에게 있어서 예루살렘 순례는 하나의 의무가 된다. 특히 홍해를 건너 시나이에서 율법의 판(십계명)을 받은 것을 기리는 부활절 때와 일주일 동안 농작물을 거두어들이는 축제인 장막절 때가 그러하다. 열다섯 장에 달하는 시편(119장에서 133장까지 : 이는 모두 높은 곳으로 올라가는 노래들이다. 예루살렘으로 가려면 자꾸만 높이 올라가야 하니까)은 하느님에 대한 믿음과 성스러운 도시를

Frith, *Pyramids from the Southwest, Giza*, 1858

향하여 걸어가는 기쁨을 나타내는 순례자들의 찬가였다.

중세나 르네상스시대의 순례자는 하느님이 내려다보시는 가운데 길을 걷는다. 그는 성스러운 장소에 이르러 마음을 가다듬고 죄를 뉘우치고자 한다. 그는 어두운 밤에 발길을 멈추고 쉬거나 깊은 숲을 통과할 때면 혹시나 무슨 함정에 걸려들거나 혼을 빼가는 마귀의 제물이 되지나 않을까 싶어 마음졸이면서도 신의 가호를 굳게 믿으면서 창조된 세상의 구석구석을 답사하고자 한다. 나아가는 길목마다 맞아주는 곳이 있다 할지라도 순례자의 마음속에는 미지의 세계에 대한 불안이 그림자처럼 따라다닌다. 그 기나긴 도보여행이 계속되는 동안 하루하루는 작은 기적의 나날처럼 여겨진다. 하느님의 영광을 위하여 걸어가면서 그는 철저한 하느님의 보호를 기대하기 때문이다. 길이 험해도 아랑곳하지 않은 채 순례자는 자신의 길을 헤쳐나가지만 그는 그 고난의 도정을 이야기할 때 자기 자신보다는 자신의 소명과 신앙을 앞세운다. 하루하루는 신에게 자신을 바치는 봉헌의 의미를 갖는다. 그리하여 그의 걸음걸음은 신성한 빛의 궤도를 따라가는 성취의 과정이다. 로마의 순례자들 로메이Romei는 로마로, 팔미에리Palmieri는 예루살렘으로, 페레그리니 Peregrini는 스페인의 산티아고 데 콤포스텔라로 순례를 떠났다. 페레그리누스(peregrinus)라는 말은 이방인, 즉 제집을 벗어나 일체의 친밀감과 무관한 어떤 세계와 맞닥뜨린 사람들 뜻한다. 페리그리나티오peregrinatio라는 말의 현대적 의미는 중세 초기까지로 거슬러 올라간다. 그 말은 이제 더 이상 추방을 뜻하는 것이 아니라 고의적인 금욕, 영적인 단련을 뜻한다. 순례자는 자기 집과 자기 마을이 제공하는 안전과 안락을 포기하고 신이 깃들어 있는 성스러운 장소를 찾아간다. 그는 자신의 가정과 마을을 잠정적으로 여의었으므로 다시 그곳으로 돌아간다는 보장도, 심지어 여행의 목적지에 확실하게 도달한다는 보장도 없다. 오직 헤아릴 길 없는 신의 뜻을 믿고 그의 길을 따라가며 살고자 하므로 그는 자신이 무엇을 잃을 각오로 그리 하는지 잘 알고 있다. 그러나 그는 그 대가로 가는 길이 끝나는 곳에 이르면 영생을 얻으리라는 것을 믿는다. 하느님의 사업에 자신을 바치면 그 값으로 천국을 얻게 되는 것이다. 이야말로 해볼 만한 일이 아니고 무엇이겠는가. 사정이 이러하고 보니 순례의 귀결은 사건의 앞과 사건의 뒤라는 두 가지 시기로 크게 나뉘어진다.

두 발로 걷는 것이 장소이동에 가장 널리 활용되는 수단이던 옛적에 순례자들은 길에서 장사꾼, 학생, 군대, 떠돌이, 실업자, 도부상, 걸인, 굴뚝 청소부, 어릿광대, 보헤미안, 들에 가는 농부 등 온갖 사람들과 마주치곤 했

Werner Bischof, *Bihar State, India,* 1951

다. 그 시절에 사람들은 동트는 새벽부터 해지는 저녁까지 걸었다. 캄캄한 어둠 속에는 다른 사람들이나 눈에 보이지 않는 어떤 힘으로부터 오는 여러 가지 위험 요소들이 잠복하고 있었다. 길에는 **먼지투성이**의 발만 걸어가는 것이 아니었다. 가죽 허리띠로 졸라맨 긴 겉옷, 샌들, 장화나 반장화, 챙이 넓은 모자, 짧은 외투, 호리병이나 순례 지팡이 등 그들은 독특한 차림을 하고 있어서 다른 사람들과 구별되었고 그들 서로 간에 알아보기 쉬웠다(그러나 동시에 이런 차림은 순례자를 사칭하는 도적들에게 편리한 가장의 수단이 되기도 했다). 어떤 속죄 여행자들은 더 많은 공을 쌓기 위해서, 혹은 벌과를 강요받았기에, 신을 신지 않고 맨발로 걸었다.

순례자란 무엇보다 먼저 발로 걷는 사람, 나그네를 뜻한다. 그는 여러 주일, 여러 달 동안 제집을 떠나 자기 버림과 스스로에게 자발적으로 부과한 시련을 통해서 속죄하고 어떤 장소의 위력에 접근함으로써 거듭나고자 한다. 이러한 순례는 신에 대한 항구적인 몸바침이며 육체를 통하여 드리는 기나긴 기도다. 길에서 마주치는 장애물들은 수도 없이 많다. 도둑들은 몸값을 요구하거나 가진 물건을 **빼앗거나** 죽인다. 사기꾼들(가짜 사제, 가짜 수도사, 가짜 순례자 등)이 있는가 하면 발을 벗거나 배를 타고 건너야 할 강가에 이르면 과도한 통행세를 강요하는 사람들이 기다리고 있고 또 어떤 지역에서는 늑대가 나타나는가 하면 비, 바람, 눈, 안개 따위의 악천후를 만나기도 한다. 특히 옛날에는 길이 여간 험하지 않았다. 참고할 지도가 있을 리 없으니 마을에서 마을로 걸어가면서 가야 할 길을 대충 표시한 돌무덤 따위로 만족할 수밖에 없다. 그리고 추위나 더위, 비나 눈, 바람, 이나 벼룩, 상처, 때, 고르지 못한 음식, 안심이 되지 않는 물, 질병, 감염 등을 이겨내지 않으면 안 된다. 아주 부유한 사람들은 순례의 고통을 어떤 방식으로든 다소 덜 수야 있겠지만 그럴 경우 구원의 약속에 대하여 확신을 갖기가 어려워진다.

어떤 사람들은 영성(靈性)을 수집하는 꿀벌처럼 제대로 닦여져 있는 길로 가지 않고 샛길로 들어서서 이 교구에서 저 교구로 성유물함을 일일이 다 찾아보며 기도실이 있으면 그 또한 빼놓지 않고 모두 다 찾아들어 기도드린다. 지리학과 성인전(聖人傳)이 교차하면서 순례자의 공적을 더해준다. 거쳐가는 지역들은 그들 특유의 갖은 구경거리들을 골고루 선사한다. 눈에 보이는 대로 무작정 길을 따라가다보면 변화무쌍한 날씨로 골탕을 먹지만 콤포스텔라로 인도하는 네 개의 대로에는 안내인들이 돌아다니면서 순례자들에게 잠잘 곳과 허기를 달랠 곳, 기도할 곳을 알려준다. 이들은 하루에 삼십 내지 사십 킬로미터를 걷는다. 길을 나선 순례자들은 세속 관청이나 교회 당국의 보호를 받고 특별히 마련된 보호시설(수도원, 병원, 구제원, 여인숙 혹은 민가)에서 쉴 곳과 음식을 얻는다. 산악지역에서 순례자들은 규칙적으로 울리는 종소리로 숙박이 가능한 곳이 어디 있는지를 알아낸다. 쟈케 (Jacquet : 콤포스텔라로 순례여행을 떠난 사람)는 가리비 조개껍질 모양의 표지판을 보고 그런 장소들을 알아낸다. 매년 콤포스텔라로 떠나는 사람이 수십만에 이른다. 그들은 또한 다시 집으로 돌아오지 않으면 안 된다. 오늘날과는 달리 그 당시에는 목적지에 이른다 해도 집으로 돌아오기까지 똑같은 조건 속에 되짚어와야 할 나머지 반의 행로가 아직도 남은 것이다. 여행에 따른 무수한 난관들과 이로 인한 교회의 만류 때문에 순례의 길에 나서는 사람들 중에 여자는 거의 없다.

스페인 국내의 머나먼 곳 콤포스텔라의 길 위에서, 혹은 로마나 예루살렘으로 가는 길 위에서 여러 가지 유형의 순례자들이 서로 교차한다. 신앙심이 두터운 사람들은 자신의 믿음을 나타내고 다짐하기 위하여 성지를 찾아간다. 병든 사람들이나 불구가 된 사람들은 치료를 받기 위하여 성 유골의 기적적인 힘만 믿고 찾아간다. 또 다른 사람들은 하느님께 어떤 특별한 기원성취를 빌면서 드린 서원을 지키기 위하여 길을 떠난다. 법원에서도 유죄판결을 받은 죄인들을 순례의 길로 내몬다. 종교적인 율법이나 세속의 법을 어긴 죄를 성지순례로 갚도록 선고를 내리는 경우가 여기에 속한다. 그들은 지은 죄를 씻기 위하여 먼 길을 걷고 나서 목적지에 도착하면 형량을 다했다는 증명서를 발급받는데 그렇게 되면 집으로 돌아갈 수가 있는 것이다. 깊은 신앙심으로 인하여 스스로 쇠사슬을 차고 걷거나 맨발로 걷는 순례자들도 있었다. 그러나 어떤 속죄자들은 녹이 슨 쇠사슬이 끊어져 마침내 자유가 될 때까지 그렇게 족쇄를 차고 한없이 길을 가야 했다. 그런가 하면 아주 부유한 사람들은 순례를 돈으로 사거나 혹은 보수를 지불하고 다른 사람이 대신 순례를 하도록 시켰다.

15세기 말엽 종교전쟁으로 인하여 길이 위험해지면서 순례의 전통은 장기적으로 중단되었다. 루터는 도덕에 반하는 것으로 판단하여 순례를 금지했다. 그러나 일단 전쟁이 끝나자 콤포스텔라 혹은 다른 여러 성지를 향한 순례의 길이 다시 열렸다. 때로는 어떤 서원을 하고 난 뒤에, 혹은 어떤 약속을 지키기 위하여 가장 가까운 대사원까지만 걸어서 가는 경우도 있다. 가령 샤를르 페기 (Charles Péguy)는 자신의 아들 피에르가 병들었을 때 서원을 했으므로 샤르트르 대성당까지 순례여행을 했고 그때의 일을 아름다운 글로 남겼다. 그는 아무런 연습도

하지 않은 채 144킬로미터나 되는 먼 길을 사흘 동안에 걸어갔다. '평원 저 끝 17킬로미터 떨어진 곳에 샤르트르 대성당의 종탑이 보인다. 때때로 종탑은 구비치는 언덕, 숲의 곡선 뒤로 사라져버린다. 내 눈에 그 종탑이 보이자마자 나는 황홀한 마음을 가눌 수가 없었다. 더 이상 피곤도 다리 아픈 것도 아무것도 느껴지지 않았다. 모든 불순한 것이 단번에 떨어져나갔다. 나는 딴사람이 되었다.' [152]

오늘날 콤포스텔라로 가는 길들에는 거쳐가는 순례자들이 수천 명에 이른다. 그러나 자신의 신심을 당당하게 증명해 보여주기 위해서가 아니라 개인적인 정신수양을 위해서, 혹은 자기만의 시간을 가지기 위해서, 혹은 자신보다 앞선 수백만의 선배들에 상징적으로 합류함으로써 오늘날의 삶의 리듬을 끊어보고 싶어서 떠나는 것이다. 이 역시 어떤 서원, 자신의 신심을 다짐하려는 의지의 표현이라고 할 수 있겠지만 대개의 경우 이런 방식의 선택은 어떤 성스러움, 다시 말해서 그 특이함이나 밀도에 있어서 결코 잊혀지지 않는 한때의 내밀한 경험을 만들어보고자 하는 데 그 초점이 맞추어져 있다. 신앙을 추구하는 길 대신에 인식을 추구하는 길, 혹은 인간적 역사에 대한 충실함의 길이 더 큰 중요성을 갖게 된다. 진리의 길이 의미의 길로 변한다. 물론 이때 저마다 자신이 가는 길을 어떤 개인적 내용으로 채우는 일은 순례자 각자의 몫이다. 걷기는 사람의 마음을 가난하고 단순하게 하고 불필요한 군더더기들을 털어낸다. 걷기는 세계를 사물들의 충일함 속에서 생각하도록 인도해주고 인간에게 그가 처한 조건의 비참과 동시에 아름다움을 상기시킨다. 오늘날 걷는 사람은 개인적 영성의 순례자이며 그는 걷기를 통해서 경건함과 겸허함, 인내를 배운다. 길을 걷는 것은 장소의 정령에게, 자신의 주위에 펼쳐진 세계의 무한함에 바치는 끝없는 기도의 한 형식이다.

그리스정교회의 세계에도 영적인 걷기의 여러 가지 형태가 알려져 있다. 그리스 북부 아토스산지역에서 구걸하며 세상을 떠도는 수도승들은 어디에도 정해진 잠잘 곳이 따로 없다. 길을 가다가 문득 날이 어두워지면 가장 편안한 자리를 찾을 것 없이 그냥 가던 길가의 땅바닥에 눕는다. 이 수도원 저 수도원의 어느 계단, 길가에 움푹 패인 구덩이가 그의 짧은 휴식에 족하다. 진정한 아토스의 수도사라면 그 어떤 특정한 수도원에도 매이지 않으므로 그들은 그저 성스러운 산에 속한 몸일 뿐이다. 그리하여 그들에게 이 산은 항구적인 기도의 장소가 된다. 순례자는 걸어가면서 속으로 끊임없이 마음의 기도를 드린다. 이른바 헤시카슴(Hesychasme)이라는 것이다. 이는 그리스정교회에서 예술 중의 예술, 지혜 중의 지혜라고 일컫는 금욕적 신비적 방법으로 정념과 탐욕에서 생겨나

Murray, *The Taj Mahal*, 1856

는 마음속의 모든 영상과 생각을 떨쳐버리고 영적인 힘을 가슴으로 모으는 행위를 말한다. 그들은 일체의 수도원 규칙과 무관하므로 모든 행동이 자유로워서 어디든 마음내키는 대로 갈 수 있다. 어느 장소든 다 그들이 기도하기 좋은 곳이다. 그들의 삶이 송두리째 다 하느님을 향해서 걸어가는 길이다. 그들은 아토스산을 이중으로 익혀서 알고 있다. 끊임없이 이곳저곳으로 걸어다니다보니 이미 몇 번이고 되풀이하여 지나가보지 않은 장소란 한군데도 없는 것이다. 매일 어떤 새로운 코스가 그들을 기다린다. 새로운 코스는 언제나 새로운 찬미 속에서 세상에 눈뜨는 또 하나의 탄생으로 인도한다. 이들에게 지칠 줄 모르고 신을 향해서 걸어가는 것은 창조주의 작은 땅 테두리 안에서 수행하는 영원한 순례다.

그리스정교 전통은 아토스산이라는 중심점 저 너머로까지 연장된다. 『어떤 러시아 순례자의 이야기』는 19세기 말엽 성스러운 러시아에서 한 인간이 수행한 똑같은 영적 도정을 그려보인다. 어느 날 한 신도는 성무 일과를 마치고 나서 쉬지 않고 기도를 올리는 방법은 없을까 하는 의문을 품게 된다. 그래서 그는 자신의 물음에 답해줄 유명한 사람들을 찾아 길을 나선다. 그리스정교 신도로서 언제나 하느님께로 마음을 쏟으면서 구도의 길에 나선 이 러시아 순례자에게는 걷는 것이 곧 기도요 기도가 곧 걷는 것이었다. '때때로 나는 하루에 70노리[153] 이상을 걷는다. 나는 내가 가고 있다는 것을 느끼지 못한다. 나는 다만 기도하고 있다는 것을 느낄 뿐이다. 모진 추위가 엄습하면 나는 더 열심히 기도한다. 그러면 곧 몸이 온통 따뜻해진다. 배고픔이 너무 심해서 견딜 수가 없어지면 나는 더 자주 예수님의 이름을 부른다. 그러면 더 이상 배고픈 줄을 모르게 되는 것이었다. 병이 들어 등이나 다리가 아프면 나는 정신을 집중하여 기도한다. 그러면 더 이상 아프지 않아진다.' 그가 거쳐온 공간은 내면 공간으로 변한다. 이야기의 네 번째 토막에 이르자 순례자는 마침내 고대의 예루살렘으로 함께 걸어갈 동행을 만난다.

신들과 함께 걷다

아시아의 힌두교와 불교에서도 순례를 중요시하여 수많은 사두(sadhu)[154]나 평범한 남녀들이 신성한 것 가까이에 이르기 위하여 길을 나선다. 티베트는 공기가 희박하여 걷는 리듬이 마치 하타요가의 수행에 가까울 정도로 느려질 수밖에 없다. 걷는 사람은 평지에서 필요한 양보다 더 많은 공기를 빨아들이면서 느리고 규칙적으로 전진하지 않으면 안 된다. 어떤 티베트 사람들은 호흡과 걸음을 조화시키기 위하여 만트라(mantra)라고 하는 성스러운 요령을 활용한다.

또 티베트 전통에는 **룽곰파**의 수행형태가 알려져 있다. 피로를 느끼지 않으며 장애물도 아랑곳하지 않는 여행자인 이 룽곰파는 원거리를 아주 유연하게 전진한다. 어느 날, 독일 출신의 라마 아나가리카 고빈다는 그의 동료들의 야영지로부터 너무 멀리 떨어진 곳에서 길을 잃고 헤매는 신세가 되고 말았다. 그때 해가 저물기 시작한다. 그는 히말라야의 추운 어둠 속에서 얼어 죽을지도 모른다. '나는 몇 킬로미터에 달하는 광대한 지역의 땅에 무수히 널려 있는 바위들 속에서 어디다가 발을 디뎌야 할지 알 수가 없었다. 빠른 속도로 어둠이 짙어졌다. 그런데 놀랍게도 나는 맨발에 아주 가벼운 샌들을 신었는데도 미끄러지거나 비틀거리는 법도 없이 바위에서 바위로 건너뛸 수가 있었다. 그제서야 나는 어떤 신기한 힘이 나를 사로잡고 있다는 것을 깨달았다. 눈도 두뇌도 인도해주지 않는 가운데 어떤 미지의 의식이 작용하는 것이었다. 나의 팔다리는 거의 기계적인 방식으로 움직이면서도 어떤 황홀의 경지에 이른 것 같았다. 사지가 그 고유한 내면적 지혜를 갖추고 있다는 느낌이었다.'[155] 그의 느낌에는 그를 에워싸고 있는 세계가 변함없이 이어지는 꿈과 같았다. 바위 위를 한 발만 잘못 디뎌도 곧바로 황천길이 될 것만 같은 절벽인데 그는 몽유병자처럼 태연하게 앞으로 나아가고 있었다. 이런 식으로 그는 상당히 먼 거리를 갔다. '나는 다만 내가 드디어 마그네슘 늪지대를 굽어보는 언덕 위의 고개에 다다랐다는 것을 알 수 있었다. 그 순간 눈 덮인 산맥 저쪽에 별이 하나 나타났다. 나는 내 앞에 펼쳐진 끝없는 평원 속에서 그 별을 표적 삼아서 앞으로 나아갔다. 그 별의 방향에서 한 발자국도 벗어나면 안 될 것 같았다. 여전히 그 마법의 힘으로 나는 그 늪 지대 전체를 건너갔지만 한 번도 발이 빠지는 일이 없었다.' [156] 나중에서야 그는 자신도 모르는 사이에 어떤 정신통일에 의하여 한동안 룽곰파가 되었었다는 사실을 깨달았다. 고빈다의 말에 의하면 곰(Gom)은 정신과 혼을 어떤 한 가지 화두에 집중함으로써 자아의 이원성이 소멸되고 개인이 자신의 명상의 대상과 하나가 되는 정신통일의 한 경지를 뜻한다. 그리고 룽(Lung)은 기(氣), 즉 생명의 에너지를 말한다. 따라서 룽곰파(lung-gom-pa)는 프라나야마의 요가수행에 의하여 자신의 호흡을 다스릴 수 있는 사람을 가리킨다. 이런 황홀경에 이른 사람은 바람처럼 가볍게 빨리 걷는다. 그와 그의 걸음은 서로 구별되지 않는다. 그는 세계와 하나가 되어 있는 것이다. 이런 혼융의 상태에서 갑작스레 깨어나 일상적인 의식으로 되돌아오는 것은 위험한 일이다. 그는 자신의 주위에 대하여 아무런 관심이 없다. 그는 걷는 황홀감 속에 용해되어 있는 것이다.

롱곰파의 기술은 자기 해방의 여러 가지 길들 중에서 한 가지에 불과하다. 그것은 커뮤니케이션 수단을 얻기가 매우 어렵거나 위험한 고장(그리고 시대)에서 먼 거리를 가는 데 유용하다. 피터 마티센은 그 좋은 예를 소개한다. 그는 바람이 거세게 부는 날 손으로 잡을 곳이 마땅치 않은 산비탈의 위험하기 짝이 없는 암벽을 통과하고 있었다. 그는 숨을 헐떡거리면서 겁에 질린 채 엉금엉금 기어서 그곳을 통과한다. 짐꾼들이 웃고 떠들면서 다가왔다. 등반로의 그 지점에 이르렀다는 것을 깨닫자 그들은 침묵을 지키면서 무거운 짐을 지고 시선을 고정시킨 채, 손으로 암벽을 건드리는 둥 마는 둥 하면서 한 사람 한 사람 그 험로를 지나갔다. 일단 장애물을 통과하고 나자 그들은 마치 아무 일도 없었다는 듯이 또다시 웃어대며 아까 하던 이야기를 계속했다. 마티센은 이것을 탄트라 계열의 롱곰파로 본다. 이것은 인간이 자신의 무게에서 해방되어 두 가지 세계 사이를 걸어다니는 경지를 말한다.

인도에서 산니아시(sannyâsi)는 혼자서 떠돌아다니는 수도승을 뜻한다. 그는 극단한 자기 버림의 경지에 이른 사람이다. 일단 스승인 구루에게서 계를 받고 나면 그는 길을 나서서 성소를 찾아가기도 하고 제사를 올리기도 하고 다른 성자들을 찾아가 인사를 드리기도 한다. 이 세상 전체가 그들의 집이다. 때로는 어떤 동굴이나 숲속에 발길을 멈추고 여러 날 여러 해를 지내기도 한다. 동행이 있다 해도 언제나 잠정적일 뿐이다. 또 다른 사람들도 직업과 가정을 버리고 산니아시가 된다. 그는 일체의 사회적 의무들로부터 떠난다. 그는 옷도 재산도 다 버리고 허리춤에 보잘것없는 천 한 조각만을 두른 채 지팡이에 쪽박을 차고 길 위로 나선다. 이제부터 그는 오직 길가에서 얻는 동냥만으로 연명하게 된다. 따라서 지금부터 그는 다른 사람들의 뜻에 좌우되는 몸이다. 이 지상의 모든 혜택을 포기한 그는 만트라 기도문을 암송하면서 한 걸음 한 걸음 신과 함께 걷는다. 가진 돈이 한 푼도 없으므로 그의 유일한 이동수단은 두 발뿐이다. 물론 검표원의 호의로 가끔 기차를 얻어타는 일도 없지는 않다.

힌두교와 마찬가지로 불교에도 순례가 있고 먼 길을 걸어다니는 승려들이 있다. 고빈다는 어느 날 그보다 앞서 떠난 스승을 만나기 위하여 대상들과 함께 티베트 쪽으로 향한다. '여행은 꿈속 같았다. 비, 안개, 구름 때문에 처녀림과 바위와 산과 고개와 절벽들이 신비스러울 정도로 변화무쌍했다. 몽환적인 형상들이 어찌나 빨리

나타났다 사라졌다 하는지 도무지 현실세계 같지 않았
다. 더군다나 그것이 나의 현실인지 아닌지 알 수가 없었
다.' 157) 히말라야산맥 속에서의 느린 걸음은 서로 다른
식물군과 기후의 층계참들을 거쳐 구름에서 구름으로 기
어오르는 길이었다. 티베트로 가는 고갯마루의 가장 높
은 곳에 이르자 고빈다는 전통에 따라 돌탑의 주위를 여
러 번 돈다. 이곳에 이른 저마다의 순례자가 아무 탈 없
이 도착하게 된 것을 산에 감사드리기 위하여 돌 하나씩
을 얹어 쌓은 탑이다. 그도 자신의 불굴의 각오를 다지고
또 같은 길을 걸어온 다른 모든 순례자들에게 인사를 보
내기 위하여 자신의 돌 하나를 더 보탠다. 이때 그는 아
직 떠도는 승려 시절의 불타가 하신 말씀을 생각한다.
'나는 고독하게 수 천리 흰 구름의 길을 가노라.' 158)

　고빈다는 자기 스스로 그 길을 걸어가 보았기에 불교
도 혹은 힌두교도의 저 성스러운 순례들 중 하나, 즉 카
일라쉬산으로 가는 순례를 묘사해 보인다. 수천 명의 순
례자들이 이미 이 영원의 산맥의 작은 고리인 이 길을 거
쳐갔다. 그들은 흔히 인더스강의 비옥하고 뜨거운 평원
에서, 특히 갠지스강이 들판을 파고드는 지점인 하리드
와르에서 출발한다. 순례자는 차가운 물속으로 들어가서
자신을 정화하고 옛날의 신원을 영원히 떠나서 몇 달 뒤,
그곳에서 천 킬로미터 정도 떨어진, 카일라쉬 산록의 가

Sheldon Brody, *Zen Buddhist Monk*

우리 쿤드라는 대자대비의 호숫물 속에서 다시 태어나고자 한다. 5월 달에 눈이 그치면 순례자들은 다시 길을 떠난다. 주로 가난한 사람들, 특히 사두들이다. 그러나 어떤 사람들은 재정적인 여유가 있어서 짐꾼이나 나귀를 사서 떠나기도 한다. 대개는 맨발로, 혹은 가벼운 샌들을 신고 머리에 보따리를 이고 간다. 저녁이 되면 은신처에 발길을 멈추고 보잘것없는 먹거리를 산다. 많은 사람들이 라마, 쉬바, 혹은 크리슈나를 찬양하는 **만트라**를 더듬더듬 외운다. 그들 중 몇몇은 길을 가다가 추위, 병, 감염 등으로 혹은 골짜기 아래로 굴러 떨어져서, 혹은 범람하는 강물에 빠져서 죽는다.

그들은 수백 킬로미터의 높은 산맥을 기어오른다. 그러는 동안에 평지의 더위와 산악 지대의 싸늘한 추위가, 첩첩이 쌓인 구름과 폭우와 바람이 교차한다. 오솔길들은 벼랑을 감고 돌기도 하고 발 벗고 건너야 할 내와 강을 만나기도 하고 그럭저럭 마련된 다리로 이어지기도 한다. 정신적으로 육체적으로 충분한 준비가 되어 있지 않은 사람에게는 항상 죽음의 위협이 도사리고 있다. '오직 가장 무시무시한 모습의 신을 우러러본 사람만이, 감히 가면을 벗은 진실의 얼굴을 보고도 쓰러지거나 겁에 질리지 않은 사람만이, 카일라쉬산과 성스러운 호수들의 저 엄청난 고독과 침묵을 견디고, 이 땅 위에서 가장 신성한 장소에서 신의 옆에 받아들여지는 특권을 얻자면 반드시 치러야 할 대가인 온갖 위험들과 혹독한 시련들을 극복할 수 있을 것이다. 그러나 자신의 안전과 안락을 버리고 자신의 생명을 아까워하지 않는 사람은 그 대가로 뭐라고 형언할 길 없는 지복의 감정을, 극단한 행복의 감정을 맛본다라고 고빈다는 말한다.[159]

구를라고개에 이르면 광휘가 순례자를 맞는다. 150킬로미터가 넘는 거리에 뻗은 카일라쉬산의 빛나는 지붕과 초록색 목초지로 에워싸인 푸른 호수들과 금빛 찬란한 영봉들을 뚜렷이 드러내는 투명한 새벽빛 속의 저 위대한 다르샨(darshan)의 광휘가 바로 그것이다. 그 눈부신 빛이 어느새 순례자를 내면적으로 변화시킨다. '거룩한 풍경 위로 무한한 평화가 깃들면서 순례자의 가슴을 가득 채우니 모든 근심걱정이 물거품처럼 사라진다. 마치 그 무슨 꿈속에서인 양 그가 자신의 눈에 보이는 것과 하나가 되기 때문이다. 그는 이제부터 자신에게 일어나는 일은 어느 것이나 영원히 그 자신의 일부가 된다는 것을 깨달은 자다운 그 태연한 경지에 도달한 것이다'[160] 이때 순례자는 자기보다 앞서 이 거룩한 땅을 밟았던 수천 수만 사람들의 그림자에 에워싸인 느낌으로 신들의 땅으로 내려선다.

몇 시간 뒤, 그의 눈앞에 펼쳐지는 것은 마나소바르호

수의 푸른 물과 산허리에 미묘한 건축물들처럼 켜켜이 쌓인 변화무쌍한 구름들. 놀랍게도 짐승들이 그를 보고도 피하지 않는다. 새, 토끼, 심지어 키앙까지도 사람을 두려워할 줄 모른 채, 아무도 사냥하거나 살상하는 일이 없는 이 성스러운 공간 속에서 유유히 산다. 약초나 향초가 치천으로 널려 있어서 순례자는 횡재를 만난 기분이 된다. 길이 다 끝나지 않았는데 광대하고 푸른 들이 그와 구도의 표적 사이에 펼쳐져 있다.

이내 그는 카일라쉬 산 밑에 이른다. '그 어느 누구도 죽음과 광기의 위험을 각오하지 않고는 이 신들의 옥좌에 다가가지 못하고 쉬바의 만달라mandala(혹은 템숑. 하기야 이 궁극적 현실의 신비에 무슨 이름을 붙인들 어떠랴) 속으로 들어가지 못한다. 깊은 믿음과 완전한 자기 집중의 정신으로 성스러운 산을 한 바퀴 도는 의식인 파리크라마를 수행하는 사람은 삶과 죽음의 사이클을 다 거쳐가는 것이다.[161] 그는 성스러운 산(구름들의 보석)의 최상의 비전(다르샨) 속으로 빠져든다. 티베트 사람들은 산에 수백만의 불타와 보살들이 깃들어 명상하면서 중생들의 세상으로 빛을 쏘아보내고 있다고 믿는다.

고빈다는 자아의 해방이라는 최후의 단계를 묘사한다. 순례자는 해발 5800미터에 달하는 될마고개를 향하여 계속 올라간다. '거기에는 죽어 가는 사람의 자세를 취한 거대한 바위들이 펼쳐져 있다. 그는 눈을 감고 야마(Yama)의 심판을 기다린다. 과거에 자신이 한 모든 행동들을 되돌아보면서 그 자신의 의식이 내리는 심판이다. 그는 자신이 사랑했으나 그보다 먼저 죽은 모든 사람들, 그에게 사랑을 베풀었으나 그가 그 보답을 하지 못한 사람들을 생각한다. 그는 그들의 새로운 형상에는 마음 쓰지 않은 채 그들의 행복을 위하여 기도한다.'[162] 죽음의 공포로부터 벗어나고 자신의 과거와 화해하고 다가올 세상을 향하여 마음을 열고 내면적으로 딴사람이 된 그는 대자대비의 호수를 향하여 걸어가 그 싸늘한 물속에 몸을 잠그고 평지의 세상으로 다시 내려가기 전에 그의 첫 세례를 받는다.

거듭나기로서의 걷기

걷는다는 것은 지극히 본질적인 것에만 이 세계를 사용한다는 것을 뜻한다. 가지고 가는 짐은 얼마 안 되는 옷가지, 그릇, 추위에 얼어 죽지 않을 정도의 땔감, 방향을 가늠하는 도구, 양식, 혹은 무기, 그리고 물론 약간의 책 등 가장 기초적인 것으로 제한하지 않으면 안 된다. 그 이상의 군더더기는 괴로움과 땀과 짜증을 가져올 뿐이다. 걷는 것은 헐벗음의 훈련이다. 걷기는 인간을 세계와 정대면하게 만든다. 소로는 sauntering산책이라는 말의 어원을 근거로 걷는 기술은 상징적으로 성스러운 땅에 도달하자는 데 그 목적이 있으며 길의 자력에 발을 맡기는 것이라고 말한다. '이는 마치 강물이 구불구불 흘러가긴 하지만 그렇게 흐르는 동안 줄곧 고집스럽게 바다로 가는 가장 짧은 지름길을 찾고 있는 것이나 마찬가지다.'[163] 걷기는 시선을 그 본래의 조건에서 해방시켜 공간 속에서 뿐만 아니라 인간의 내면 속으로 난 길을 찾아가게 한다. 걷는 사람은 모든 것을 다 받아들이고 모든 것과 다 손잡을 수 있는 마음으로 세상의 구불구불한 길을, 그리고 자기 자신의 내면의 길을 더듬어 간다. 외면의 지리학이 내면의 지리학과 하나가 되면서 우리가 내딛는 한 걸음 한 걸음을 평범한 사회적 제약으로부터 해방시킨다. '아름다운 라벤더빛 길이 매순간 하얗게 드러난다. 아무도 그 길을 따라오지 않았다. 그 길 역시 밝아오는 날과 함께 태어났다. 저기 저 마을이 잠에서 깨어나 존재의 세계로 등장하기 위하여 그대를 기다린다.'[164] E.애비는 그 나름대로 이 말에 화답한다. '저 작고 은밀한 계곡의 안쪽을 들여다볼 때마다 나는 아주 조그마한 샘가에 서 있는 은백양나무—잎사귀 달린 신, 사막의 촉촉한 눈—만이 아니라 무지개처럼 타오르는 빛의 왕관, 순수한 정

신, 순수한 존재, 인간사를 초월한 순수 지성이 금방이라
도 내 이름을 부르며 일어설 것만 같은 느낌이다.' [165] 티
베트 사람들에게 있어서 길에서 만나는 장애들(추위, 눈,
서리, 비, 넘기 어려운 고개 등)이 순례자의 평온한 마음
을 떠보려는 악마의 시험이라고 한다면 여행자의 길 위
에 가로놓인 시련들은 아직 그로서는 알 수 없는 사물의
핵심을 향한 내면적 행로의 이정표라고 생각해야 될 것
같다.

길을 걷다보면 세계가 거침없이 그 속살을 열어보이고
황홀한 빛 속에서 그 존재를 드러내는 순간들을 만나기
도 한다. 이는 어떤 개인적인 변신의 문턱 같은 것이다.
인간의 발걸음과 키높이에서 세계를 발견함으로써 그는
소용돌이치는 사건들 속에서 자기 본연의 모습을 발견할
수 있는 상황에 놓인다. 삶과 마찬가지로 도보여행도 예
측할 수 있는 일들보다는 더 많은 불가해한 일들로 이루
지는 것이고 보면 길 위에서 일어나는 온갖 사건들의 자
초지종은 예측할 수 없는 것이다. '두 시간 동안 나는 힘
겹게 숨을 헐떡거리며 기어오르고 미끄러지고 또 기어오
르다보니 숨이 턱 끝에 찬다. 짐승처럼 기진맥진한 상태.
한편 저 위에는 얼어붙은 바위를 붉게 물들이고 단단한
하늘을 하얀빛으로 번뜩이게 하는 석양 속에 기도의 깃
발들이 펄럭거린다. 깃발들의 그림자가 길게 뻗은 하얀

설벽에서 춤을 춘다. 이윽고 나는 마지막의 드높은 고개에서 다시 햇빛을 받는다. 서늘한 바람에 머릿속을 식히려고 나는 털모자를 벗는다. 나는 기쁨에 넘치면서도 피곤해 죽을 지경이 되어 두 세계 사이의 좁은 모서리 위에 털썩 무릎을 꿇고 주저앉는다.'[166]

지칠 대로 지친 몸으로 걸어갈 때 그 쇠약함 속에는 가끔 출발할 때 느꼈던 고통을 스르르 녹일 정도의 힘과 아름다움이 감추어져 있는 경우가 있다. 길에 부대껴 말갛게 씻겨지고 앞으로 나아가야 한다는 필요 때문에 침식당한 나머지 고통은 그 날카로움이 무뎌진 것이다. 시간이 흘러가면서 발걸음을 앞으로 밀어내는 것은 그 무시무시한 괴로움의 씨앗이 아니라 자기변신, 자기 버림의 요구, 다시 세상으로 나아가 길과 몸을 한덩어리로 만드는 연금술을 발견해야 한다는 요청이다. 여기서 인간과 길은 행복하고도 까다로운 혼례를 올리며 하나가 된다. 티에리 긴위트는 캉탈산에 올라 이렇게 말한다. '그 높은 고개가 어떤 도착점이며 원경을 감상하기 좋은 열려진 장소임에는 틀림이 없었지만 그 고개는 또한 어떤 자기극복의 권유와도 같은 것이었다. 또 다른 풍경, 또 다른 자아의 풀과 공기와 돌의 문인 것이었다. 나의 떨리는 두 다리, 두근거리는 가슴, 고개를 넘느라고 삼킨 숨, 이 모든 것이 내 몸에 어떤 다른 인간의 긴장과 힘을 실어주는

W. Eugene Smith, *Life*, 1950

것 같았다.' 167)

길을 걷는 것은 때로 잊었던 기억을 다시 찾는 기회이기도 하다. 이리저리 걷다보면 자신에 대하여 깊이 생각할 여유가 생기게 되기 때문만이 아니라 걷는 것에 의해서 시간의 흐름을 거슬러 올라가는 길이 트이고 추억들이 해방되기 때문이다. 이렇게 되면 걷는 것은 죽음, 향수, 슬픔과 그리 멀지 않다. 한 그루 나무, 집 한 채, 어떤 강이나 개울, 때로는 오솔길 모퉁이에서 마주친 어느 늙어버린 얼굴로 인하여 걸음은 잠들어 있던 시간을 깨워 일으킨다. '길을 나타내는 선은 단순히 물질적 질서에만 속하는 것이 아니라 눈에 보이지 않는 경계 표지들을 갖추고 있는 법이다. 그 표지들이 없다면 길은 사라지고 없을 것이다. 우리가 계속 걸어갈 수 있는 것은 그냥 길이 있기 때문만은 아닐 것이다. 감정이 메마른 사람에게는 주어지지 않을 수많은 개인적 추억들, 혹은 유형학적이고 감정적인 친근감 같은 것들이 길을 만든다.' 168)

걷기는 삶의 불안과 고뇌를 치료하는 약이다. 나는 처음으로 쓴 책에서 브라질의 북동부지역의 길들로 비탄에 잠긴 한 남자가 오랫동안 걸어가는 이야기를 들려주었었다. 지어낸 이야기와 개인적인 경험 사이에 가로놓인 경계는 매우 흐릴 때가 있었지만 그것은 소설이었다. 그러나 오래 길을 걷는 동안 맛보는 극도의 피로와 자기 상실의 느낌은 이미 내게 익숙한 것이었다. 그것은 이 세계의 거칠음과 정다움에 대한 첫 번째 학습이었다. 어두운 밤을 육체로 관통해가야 자아를 잉태할 수 있는 것이었다. 걷기는 세계의 자명함을 되찾게 해주는 감각을 만들어낸다. 인간은 흔히 자아의 변두리에 내던져졌다가 중력중심을 회복하기 위하여 걷는다. 한발 한발 거쳐가는 길은 절망과 권태를 불러일으키는 미로이기 쉽지만 지극히 내면적인 그 출구는 흔히 자신에게 유리한 쪽으로 시련을 극복했다는 느낌 혹은 희열과 재회하는 순간이다. 수많은 발걸음들에 점철되어 있는 고통은 세계와의 느린 화해로 가는 과정이다. 걷는 사람은 낭패감 속에서도 자신의 삶과 계속 한몸을 이루고 사물들과 육체적 접촉을 유지한다는 점에서 행복하다. 온몸이 피로에 취하고, 다른 곳이 아닌 바로 저곳으로 간다는 보잘것없지만 명백한 목표를 간직한 채 그는 여전히 세계와의 관계를 통제·조절하고 있다. 물론 그는 방향감각을 잃기도 하지만 아직은 알지 못할 어떤 해법을 찾아가고 있는 것이다. 이리하여 걷기는 하나의 통과의례 같은 것이 되어 불행을 기회로 탈바꿈시킨다. 인간을 바꾼다는 영원한 임무를 다하기 위하여 길의 연금술이 인간을 삶의 길 위에 세워놓는다.

정신적 시련의 통과는 걷기라는 육체적 시련 속에서 효과적인 해독제를 발견한다. 인간의 중력중심을 바꾸어

Elliott Erwitt, *Street Scene, Orléans, France*, 1952

놓는 해독제를. 다른 리듬 속에 몸담고 시간, 공간, 타자와 새로운 관계를 맺음으로써 주체는 세계 속에 자신의 자리를 회복하고 그 가치를 상대적 시각에서 저울질하게 되고 스스로의 저력에 대한 믿음을 되찾는다. 걷기는 나르시스적인 방식이 아니라 사는 맛과 사회적 관계 속에 제자리를 찾게 함으로써 인간 스스로의 모습을 바라볼 수 있도록 해준다. 길은 구체적인 걷기 체험을 통해서, 때로는 그 혹독한 고통을 통해서, 근원적인 것의 중요함을 일깨움으로써, 인간으로 하여금 고통스런 개인적 역사와 인연을 끊어버리고 쳇바퀴 도는 것 같은 일상의 길에서 멀리 떨어진 내면의 지름길을 열도록 해준다. 오늘날에는 병원에서 암이나 경화증에 걸린 환자들이 자신감을 되찾고 정신적 육체적 저력을 최대한으로 동원하여 병을 이길 수 있도록 걷는 치유법을 일부러 조직하는 경우들도 있다. 길의 교직 속에서 우리는 삶의 실을 다시 찾아내지 않으면 안 된다.

여행의 끝

　여러 시간 혹은 여러 날, 때로는 그보다 더 많은 시간 동안 길을 따라 느릿느릿 나아가다가 길이 끝나는 곳에 이르렀을 때, 그동안 밀쳐 두었던 타인들이나 평범한 일상의 삶과 다시 관계를 맺고 싶은 욕망이 생기느냐 아니냐에 따라 발걸음은 더 빨라지기도 하고 더 무거워지기도 한다. 러시아로부터 캄차카반도까지 수천 킬로미터를 걸어서 갔던 코크란은 오직 그곳으로 되돌아갈 날만을 꿈꾼다. '그 같은 긴 여행을 하고 났으니 이제는 더 이상 여행하고 싶은 마음이, 적어도 그토록 엉뚱한 방식으로 여행하고 싶은 마음이 생기지는 않겠지, 하고 생각할 수도 있을 것이다. 그러나 실제로는 전혀 그렇지 않은 것 같다. 사실 나는 타타르의 대평원에 있을 때만큼 행복했던 적은 없다는 것을 잘 알고 있다. 그러니까 그만한 행복을 다시 찾기를 바랄 수는 없었다.'[169]

마티센은 돌포로의 긴 도보 여행의 종착지에 이른다. 그들이 다가가자 눈밭의 표범이 자취를 감추었으므로 그는 성과 없이 빈손으로 돌아온다. 그렇지만 마티센은 그를 자아의 재획득의 길로 그토록 멀리까지 인도해갔던 그 오랜 여정에 불만이 없다. '내 파카 속에서는 잘 접혀진 기도의 깃발이 내 몸을 따뜻하게 덥혀준다. 버터를 녹여 끓인 차와 바람의 이미지들과 크리스탈산이 눈 위에서 춤을 춘다. 그것으로 족하다. 그대들은 눈밭의 표범을 보았는가? 못 보았다! 이 얼마나 멋진 일인가!'[170]

사실 가장 중요한 것은 거쳐간 길인데 길의 끝이야 아

André Kertész, *Washington Square, New York*, 1954

무러면 어떤가. 우리가 여행을 하는 것이 아니라 여행이 우리를 만들고 해체한다. 여행이 우리를 창조한다. 우리는 여기서 글쓰기의 끝에 이르렀지만 마지막 말은 길을 따라가는 한 단계에 불과하다. 하얗게 남은 백지는 언제나 하나의 문턱이다. 다행스럽게도 우리는 세계의 여러 도시들로, 숲으로, 산으로, 사막으로 다시 떠나서 또 다른 이미지들과 감각들을 수집할 것이고, 다른 장소 다른 얼굴들을 발견할 것이며, 글 쓸 거리를 찾고 시선을 새롭게 하며, 대지는 자동차의 타이어를 위해서보다는 우리의 두 발을 위해서 만들어진 것임을, 우리에게 몸이 있는 한 그것을 써먹어야 한다는 것을 잊지 않을 것이다. 지구는 둥글다. 그러므로 그 지구를 태연한 마음으로 한 바퀴 돌고 나면 우리는 어느 날 출발점으로 다시 돌아올 것이다. 그리하여 또 다른 여행의 준비를 할 것이다. 그토록 많은 길들, 마을들, 도시들, 산과 숲들, 바다와 사막들이 있는 한 그곳에 이르고 그곳을 느끼고 그곳에 도달한 기쁨 속에서 우리의 기억을 껴안기 위한 그토록 많은 코스들이 또한 열려 있는 것이다. 오솔길, 땅, 모래, 바닷가, 심지어 진흙탕이나 바위까지도 우리의 몸과 어울리고 존재한다는 희열에 어울리는 모습으로 존재한다.

걷는 즐거움에로의 초대

이 책의 번역은 앞서 소개한 알랭 레몽의 짧은 소설 『하루하루가 작별의 나날』과 함께 지난해 여름 내가 파리 체류에서 얻은 두 권의 발견들 중 나머지 하나다. 파리를 떠나기 몇 시간 전, 마지막으로 서점에 들러 진열된 수많은 책들 중에서 오직 제목과 목차와 출판사와 저자, 그리고 무엇보다 표지와 책 두께의 관상만으로 판단하여 집어든 몇 권의 책들 가운데서 그 두 권이 우리 나라 독자들에게까지 소개되는 기회를 얻게 된 것이다.

나는 원래 걷기를 유난히 좋아하는 사람들 중의 하나다. 늘 그랬던 것은 아니고 일정한 나이가 되어 몸무게가 늘어가는 것을 느끼면서 조금씩 조금씩 습관을 들인 결과 걷는 것은 내 삶의 가장 중요한 행복 중의 하나가 되었다. 도시의 대로와 골목에서도 걷고 캠퍼스에서도 걷고 산에서도 걷고 들에서도 걷는다. 대개는 혼자 걷는 쪽을 선호한다. 많은 경우 혼자 걸어야 자신이 존재하고 있음을 느낀다. 그리고 주변의 지나가는 사람, 건물, 풍경, 나무, 돌, 흙, 그리고 무엇보다 자기자신이 잘 보인다. 아마도 그래서 많은 낯선 책들 가운데서 이 책이 유난히 내 눈에 띄었던 것인지도 모른다.

그러나 이 책은 건강을 위하여 많이 걷기를 권장하는 책이 아니다. 걷는 것은 몸으로 걷는 것을 의미한다. 이 사유의 중심에는 우리가 가진 유일한 자산인 몸이 있다. 사실 문명이란 몸에 부착시키거나 몸을 에워싸거나 몸을 실어나르는 수많은 보조장치들을 만들어 내는 과정이다. 그 결과 몸은 정작 삶으로부터 소외되어 가는 경향을 보인다. 오늘날 조형예술은 물론 영화, 문학, 패션 등에서 몸에 대한 관심이 폭발적으로 증가하는 것은 이와 같은 소외현상과 그에 따른 위기의식과 무관하지 않을 것이다. 바로 그런 각도에서 이 책은 사유의 귀중한 기회라고 생각된다. 저자는 단순히 몸의 중요성, 걷기의 중요성만을 강조하는 것이 아니라 걷기의 즐거움을 표현한 텍스트에 예민한 관심을 보인다. 그래서 이 책 속에서 우리는 걸어가는 두 다리, 두 발만이 아니라 장 자크 루소, 피에르 상소, 패트릭 리 퍼모, 그리고 일본의 하이쿠 시인 바쇼와 스티븐슨을 자주 만난다. 이리하여 걷기는 몸놀림인 동시에 일종의 글쓰기가 된다.

저자 다비드 르 브르통(David Le Breton)은 프랑스 스트라스부르 대학의 사회학 교수다. 오래 전부터 몸의 문제에 깊은 관심을 기울여 『몸과 사회』 『몸과 현대성의 인류학』『위험의 열정』『살아 있는 살』『고통의 인류학』『몸의 사회학』『몸이여 안녕』등의 수많은 저서를 냈다. 그는 말한다. '오늘날의 여러 사회는 심각한 위기를 통과하고 있다.' 의미의 위기, 가치의 위기다. 결국 주체의 위기인 것이다. 그렇다면 오늘날 우리의 정체성을 가장 먼저 지시해 주는 것은 무엇인가? 우리의 육체다. 이것은 뒤르켐의 오래된 직관이다. 즉 몸은 개인화의 요인인 것이다. 개인주의 사회에서 우리를 세상에 내놓는 것, 우리를 인정받게 하는 것은 다름아닌 몸이다. 전통적 공동체 사회에서 개인은 우리라는 개념으로 자신을 인식하고 각자는 어떤 계통에의 소속을 통해서 자기를 확인했는데 우리들의 사회는 그와 반대되는 것이다.

세계가 우리의 손아귀에서 빠져나가 파악하기 어려워질 때 그 지주로서 남는 것은 몸이다. 몸은 알쏭달쏭하여 감이 잡히지 않는 삶 속에서 살을 다시 찾아 가질 수 있는 하나의 방식이다. 몸을 다듬는 것은 세계에 매달리는 하나의 방식으로 변했다. 몸은 무한히 재조정되는 어떤 아이덴티티의 부대사항으로 승격했다. 외관은 가장 밀도 짙은 깊이의 장소가 되었다. 폴 발레리가 말했듯이 '가장 깊은 것은 피부다' 그래서 걷기예찬은 삶의 예찬이요 생명의 예찬인 동시에 깊은 인식의 예찬이다.

| 각주 |

1) André Leroi-Gourhan, *Les Racines du monde*(세계의 뿌리), Paris, Belfond, 1982, 168쪽.

2) David Le Breton, *L'Adieu au corps*(육체여 안녕), Paris, Métailié, 1999.

3) Roland Barthes, *Mythologiques*(신화집), Paris, Seuil, 1957, 25쪽.

4) Xavier de Maistre(1763–1852):1795년에 저서 *Le voyage autour de ma chambre*(나의 방 주위로의 여행)을 발표했다.

5) André Rauch(éd), *La Marche ou la vie*(걷기 혹은 삶), in Autrement, 1997.

6) François Chobeaux, *Les Nomades du vide*(허공을 유랑하는 사람들), Actes Sud, 1996.

7) Robert-Louis Stevenson, *Journal de route aux Cévennes*(세벤지방 유랑기), Toulouse, Privat, 1978, 179쪽.

8) Jean-Jacques Rousseau, *Les Confessions*(고백록), Paris, Livre de poche, 1972, 88쪽.

9) Jean-Jacques Rousseau, *Les Confessions*(고백록), Paris, Livre de poche, 1972, 242–248쪽.

10) Nikos Kazantzaki, *Lettre au Gréco*(그레코에게 보내는 편지), Paris, Plon, 1961, 175쪽

11) Laurie Lee, *Un beau matin d'été*(어느 여름날 아침), Paris, Payot, 1994, 62쪽.

12) Patrick Leigh Fermor, *Le Temps des offrandes*(헌납의 시간), Paris, Payot, 1991, 26쪽.

13) Victor Segalen, *Equipée*(모험의 길), Paris, Gallimard, 1993, 21쪽.

14) Bacho, *Journaux de voyage*(여행일기), Presses Universalistes d'Orient, 1988, 71쪽.

15) Laurie Lee, *Un beau matin d'été*(어느 여름날 아침), Paris, Payot, 1994, 19쪽.

16) Victor Segalen, *Equipée*(모험의 길), Paris, Gallimard, 1993, 22쪽.

17) Laurie Lee, *Un beau matin d'été*(어느 여름날 아침), Paris, Payot, 1994, 21쪽.

18) Régis Debray, 「Rhapsodie pour la route(길을 위한 라프소디)」, in Cahiers de Médiologie, No 2, 1966, *Qu'est-ce qu'une route?*(길이란 무엇인가?), 10쪽

19) Robert-Louis Stevenson, *Journal de route aux Cévennes*(세벤지방 유랑기), Toulouse, Privat, 1978, 183쪽.

20) Peter Mathiessen, *Le Léopard des neiges*(눈 속의 표범), Paris, Gallimard, 1983, 322쪽.

21) Laurie Lee, *Un beau matin d'été*(어느 여름날 아침), Paris, Payot, 1994, 87쪽.

22) Laurie Lee, *Un beau matin d'été*(어느 여름날 아침), Paris, Payot, 1994, 104쪽.

23) Gustave Roud, 「Petit traité de la marche en plaine(들길 걷기에 대한 소론)」, in *Essai pour un paradis*(낙원을 위한 에세이), Lausanne, L' Age d' Homme, 1983, 83-84쪽.

24) Rodolphe Toeffer, *Voyage en zigzag*(지그재그 여행), Paris, Hoebeke, 1996, 9쪽.

25) 힌두쿠시(Hindu-Kuch): 히말라야의 서부 지맥으로 아프가니스탄 북부에 걸쳐 있는 산맥으로 그 길이가 600킬로미터에 이르고 건조하여 식물이 자라지 않는다.

26) Eric Newby, *Un petit tour dans l' Hindou Kouch*(힌두쿠시 지방으로의 작은 여행), Paris, Payot, 1992, 354쪽.

27) 그로그(grog) : 럼주 또는 브랜디에 설탕, 레몬, 더운 물 혹은 더운 차를 섞어 마시는 음료.

28) Robert-Louis Stevenson, *Journal de route aux Cévennes*(세벤지방 유랑기), Toulouse, Privat, 1978, 244-246쪽.

29) Patrick Leigh Fermor, *Le Temps des offrandes*(헌납의 시간), Paris, Payot, 1991, 29쪽 .

30) Bacho, *Journaux de voyage*(여행일기), Presses Universalistes d' Orient, 1988, 55쪽

31) Rodolphe Toeffer, *Voyage en zigzag*(지그재그 여행), Paris, Hoebeke, 1996, 9쪽

32) Jean-Jacques Rousseau, *Les Confessions*(고백록), Paris, Livre de poche, 1972, 242쪽.

33) Robert-Louis Stevenson, *Journal de route aux Cévennes*(세벤지방 유랑기), Toulouse, Privat, 1978, 180쪽.

34) Henry David Thoreau, *Journal*(1837-1861)(일기), Paris, Les Presses d' Aujourd' hui, 1981, 106쪽.

35) William Hazlitt, 「Partir en voyage(여행떠나기)」, in *Liber amoris*, Paris, José Corti, 1994, 65쪽.

36) William Hazlitt, 「Partir en voyage(여행떠나기)」, in *Liber amoris*, Paris, José Corti, 1994, 84쪽.

37) Paul Théroux, *Voyage excentrique et ferroviaire autour du Royaume Uni*(대영제국 주변의 기발한 철도여행), Paris, Grasset, 1986, 100쪽.

38) Laurie Lee, *Un beau matin d'été*(어느 여름날 아침), Paris, Payot, 1994, 172쪽.

39) Jacques Lanzmann, *Fou de la marche*(걷기에 미쳐서), Paris, Poche, 1987, 50쪽.

40) Philippe Delerme, *Les Chemins nous inventent*(길이 우리를 창조한다), Paris, Stock, 1997, 7쪽.

41) Rodolphe Toeffer, *Voyage en zigzag*(지그재그 여행), Paris, Hoebeke, 1996, 147쪽.

42) 하라르(Harar) : 오늘날의 에티오피아인 옛 아비시니아의 지방 이름. 랭보는 이곳에서 무기수출상을 하다가 프랑스의 마르세유로 돌아와 다리 절단수술을 받은 후 사망했다 ─ 옮긴이.

43) Alain Borer, *Rimbaud en Abyssinie*, Paris, Seuil, 1984, 224쪽.

44) John Dundas Cochrane, *Récit d'un voyage à pied à travers la Russie et la Sibérie Tartare, des frontières de la Chine à la mer Gelée et au Kamtchaka*(러시아와 시베리아 타타르 도보여행 이야기), Paris, Editions du Griot, 1933, 18쪽.

45) Laurie Lee, *Un beau matin d'été*(어느 여름날 아침), Paris, Payot, 1994, 125쪽.

46) Nikos Kazatzaki, *Lettre au Gréco*(그레코에게 보내는 편지), Paris, Plon, 1961, 177쪽.

47) Eric Newby, *Un petit tour dans l'Hindou Kouch*(힌두쿠시 지방으로의 작은 여행), Paris, Payot, 1992, 170쪽.

48) Eric Newby, *Un petit tour dans l'Hindou Kouch*(힌두쿠시 지방으로의 작은 여행), Paris, Payot, 1992, 171쪽.

49) Rodolphe Toeffer, *Voyage en zigzag*(지그재그 여행), Paris, Hoebeke, 1996, 319쪽.

50) Victor Segalen, *Equipée*(모험의 길), Paris, Gallimard, 1993, 58쪽.

51) Laurie Lee, *Un beau matin d'été*(어느 여름날 아침), Paris, Payot, 1994, 20쪽.

52) Laurie Lee, *Un beau matin d'été*(어느 여름날 아침), Paris, Payot, 1994, 69쪽.

53) Patrick Leigh Fermor, *Le Temps des offrandes*(헌납의 시간), Paris,

Payot, 1991, 191쪽.

54) Patrick Leigh Fermor, Entre fleuve et forêt(강과 숲 사이), Paris, Payot, 1992, 113쪽.

55) Robert-Louis Stevenson, *Journal de route aux Cévennes*(세벤지방 유랑기), Toulouse, Privat, 1978, 36–37쪽.

56) Bacho, *Journaux de voyage*(여행일기), Presses Universalistes d'Orient, 1988, 80쪽.

57) Edward Abbey, *Désert solitaire*(고독한 사막), Paris, Payot, 1995, 293쪽.

58) 아토스(Athos)산 : 그리스의 '성스러운 산'으로 10세기부터 20여 개의 수도원이 세워지기 시작하여 그리스 정교회의 가장 중요한 중심지를 이룬다. 현재 아토스의 여러 수도원에는 약 1500여 명의 수도사들이 모여서 공화국을 형성하여 1926년 이래 독립된 행정적 지위를 누리고 있으며 1060년 이래 이 산에는 여자의 출입이 금지되어 있다—옮긴이.

59) Jacques Lacarrière, *Chemins d'écriture*(글쓰기의 길), Paris, Plon, 1988, 71쪽.

60) Henry David Thoreau, *Journal*(1837-1861)(일기), Paris, Les Presses d'Aujourd'hui, 1981.

61) David Le Breton, *Du Silence*(침묵에 대하여), Paris, Métailié, 1997.

62) Gaston Bachelard, *L'Eau et les rêves, Essai sur l'imagination de la matière*(물과 꿈, 물질적 상상력에 관한 시론), Paris, José Corti, 1942, 258쪽.

63) Albert Camus, *Noces, L'Eté*(결혼, 여름), Paris, Gallimard, 1954, 서울, 책세상, 23쪽.

64) Laurie Lee, *Un beau matin d'été*(어느 여름날 아침), Paris, Payot, 1994, 84쪽.

65) Henry David Thoreau, *Journal*(1837-1861)(일기), Paris, Les Presses d'Aujourd'hui, 115쪽.

66) Edward Abbey, *Désert solitaire*(고독한 사막), Paris, Payot, 1995, 273–274쪽.

67) Peter Mathiessen, *Le Léopard des neiges*(눈 속의 표범), Paris, Gallimard, 1983, 110쪽.

68) Peter Mathiessen, *Le Léopard des neiges*(눈 속의 표범), Paris, Gallimard, 1983, 321쪽.

69) Nikos Kazantzaki, *Lettre au Gréco*(그레코에게 보내는 편지), Paris, Plon, 1961, 189-190쪽.

70) David Le Breton, *Du Silence*(침묵에 대하여), Paris, Métailié, 1997.

71) Jean-Claude Bourlès, *Retour à Conques*(콩크로 돌아오다), Paris, 1995, 84쪽.

72) Robert Louis Stevenson, *Journal de route aux Cévennes*(세벤지방 유랑기), Toulouse, Privat, 1978, 181쪽.

73) Jean-Jacques Rousseau, *Les Confessions*(고백록), Paris, Livre de poche, 1972, 259쪽.

74) Xavier de Maistre, *Voyage autour de ma chambre*(내 방 안의 여행), Paris, 1915, 31쪽.

75) Xavier de Maistre, *Voyage autour de ma chambre*(내 방 안의 여행), Paris, 1915, 94쪽.

76) Xavier de Maistre, *Voyage autour de ma chambre*(내 방 안의 여행), Paris, 1915, 79쪽.

77) Julien Gracq, *Carnets du grand chemin*(큰길의 수첩), Paris, Corti, 119쪽.

78) G. Bruno, *Le Tour du monde de deux enfants*(두 어린이의 세계일주), Paris, 1906, 4쪽.

79) Annie Guedez, *Nomades et Vagabonds*(유목민과 방랑자)(Col), UGE, 10-18, 1975, 140쪽 이후.

80) Jean-Jacques Rousseau, *Les Confessions*(고백록), Paris, Livre de poche, 1972, 248쪽.

81) Friedrich Nietzsche, *Le Gai Savoir*, Paris, Gallimard, 1950, 31쪽.

82) Camilo José Cela, *Voyage en Alcarria*(알카리아 여행), Paris, Gallimard, 1961, 62쪽.

83) Leigh Fermor, *Entre fleuve et forêt*(강과 숲 사이에서), Paris, Payot, 1992, 235쪽.

84) Leigh Fermor, *Le Temps des offrandes*(헌납의 시간), Paris, Payot, 1992, 356쪽.

85) Pierre Sansot, *Du bon usage de la lenteur*(느리게 산다는 것의 의미), Paris, Payot, 1998.

86) Camilo José Cela, *Voyage en Alcarria*(알카리아 여행), Paris, Gallimard, 1961, 110쪽.

87) Julien Gracq, *Carnets du Grand chemin*(큰길 여행의 기록), Paris, Corti, 1992, 11쪽.

88) Peter Mathiessen, *Le Léopard des neiges*(눈 속의 표범), Paris, Gallimard, 1983, 140쪽.

89) Laurie Lee, *Un beau matin d'été*(어느 여름날 아침), Paris, Payot,

1994, 101쪽.

90) Thierry Guinhut, *Le Recours aux monts de Cantal*(캉탈산에 호소하다), Arles, Actes Sud, 1991.

91) Alexandra David-Neel, *Voyage d'une parisienne à Lhassa*(어떤 파리 여자의 여행), Paris, Gonthier, 1964, 139쪽.

92) Victor Segalen, *Equipée*(모험의 길), Paris, Gallimard, 1993, 105쪽.

93) Michel Tournier, *Des clés et des serrures*(열쇠와 자물쇠), Chêne Hachette, 1979, 21쪽.

94) Robert Lalonde, *Le Monde sur le flanc de la truite*(송어 등을 탄 세계), Québec, Boréal, 1997, 98쪽.

95) Jacques Lacarrière, *Chemin faisant*(길을 가며), Paris, Poche, 1977, 82-83쪽.

96) Patrick Leigh Fermor, *Entre fleuve et forêt*(강과 숲 사이에서), Paris, Payot, 1992, 270쪽.

97) Laurie Lee, *Un beau matin d'été*(어느 여름날 아침), Paris, Payot, 1994, 175쪽.

98) Laurie Lee, *Un beau matin d'été*(어느 여름날 아침), Paris, Payot, 1994, 175쪽.

99) Jean-Claude Bourlès, *Retour à Conques*(콩크로 돌아오다), Paris, 1995, 22쪽.

100) Werner Herzog, *Sur le chemin des glaces*(얼음의 길 위에서), Paris, Hachette, 1979, 9쪽.

101) Werner Herzog, *Sur le chemin des glaces*(얼음의 길 위에서), Paris, Hachette, 1979, 114쪽.

102) Camilo José Cela, *Voyage en Alcarria*(알카리아 여행), Paris, Gallimard, 1961, 49쪽.

103) Laurie Lee, *Un beau matin d'été*(어느 여름날 아침), Paris, Payot, 1994, 62쪽.

104) Pierre Barret, Jean-Noël Gurgand, *Priez pour nous à Compostelle*(콤포스텔라에서 우리를 위하여 기도해 주십시오), Paris, Hachette, 1999, 276쪽.

105) Karl G. Schelle, *L'Art de se promener*(산책이라는 예술), Paris, Rivages, 1996.

106) Karl G. Schelle, *L'Art de se promener*(산책이라는 예술), Paris, Rivages, 64쪽.

107) Henry David Thoreau, *Journal*(1837-1861)(일기), Paris, Les Presses

d'Aujourd' hui, 92쪽.

108) Henry David Thoreau, *Journal*(1837-1861)(일기), Paris, Les Presses d'Aujourd' hui, 86쪽.

109) Jean-Jacques Rousseau, *Les Confessions*(고백록), Paris, Livre de poche, 1972, 47쪽.

110) Nikos Kazantzaki, *Lettre au Gréco*(그레코에게 보내는 편지), Paris, Plon, 1961, 234쪽.

111) Rodolphe Toeffer, *Voyage en zigzag*(지그재그 여행), Paris, Hoebeke, 1996, 348쪽.

112) Laurie Lee, *Un beau matin d'été*(어느 여름날 아침), Paris, Payot, 1994, 30쪽.

113) François Chobeaux, Les *Nomades du vide*(허공의 유목민), Actes Sud, 1996.

114) Edward Abbey, *Désert solitaire*(고독한 사막), Paris, Payot, 1995, 73쪽.

115) Edward Abbey, *Désert solitaire*(고독한 사막), Paris, Payot, 1995, 78쪽.

116) Edward Abbey, *Désert solitaire*(고독한 사막), Paris, Payot, 1995, 86쪽

117) 톰북투(Tombouctou) : 서아프리카 말리(Mali)의 상업중심 도시로 1100년 경에 건설된 회교 사원이 있는 곳으로 15-16세기에는 중요한 종교적 지적 중심지였다. 카이예는 무엇보다도 1828년 이 도시에 처음 발 디딘 탐험가로 널리 알려져 있다.

118) René Caillié, *Voyage à Tombouctou*(톰북투 여행), 제1권, Paris, La Découverte, 1996, 46쪽.

119) René Caillié, *Voyage à Tombouctou*(톰북투 여행), 제1권, Paris, La Découverte, 1996, 37쪽.

120) René Caillié, *Voyage à Tombouctou*(톰북투 여행), 제1권, Paris, La Découverte, 1996, 192쪽.

121) *Voyage à Tombouctou*(톰북투 여행), 제1권, Paris, La Découverte, 1996, 제2권, 21쪽.

122) *Voyage à Tombouctou*(톰북투 여행), 제1권, Paris, La Découverte, 1996, 제2권, 212쪽.

123) 버튼(Burton)은 사실상 양식도 물도 없이 강행군하여 아라르(Harrar)로 돌아온 다음 물에 대한 자신의 강박관념을 실감나게 그려 보이는데 그것을 읽어보면 훗날 카이예나 비외샹주같이 사막을 걸어서 통과한 사람들의 고통이 어떤 것이었는지를 이해할 수가 있다. '악마 같은 갈증이 인정사정없이 우리를 추격하고 있었다. 우리의 골은 뜨거운 햇빛에 온통 다 익어 버렸고 매순간 우리는 신기루의 속임수에 말려들었다. 그리하여 나

는 어떤 고정관념의 제물이 되고 말았다. 불타는 듯 뜨거운 공기 속에서 두 눈을 감고 발걸음을 재촉하노라면 머리에 떠오르는 영상치고 물과 무관한 것은 하나도 없었다. 물은 항상 잡힐 듯이 내 눈앞에 있었다. 저기 그늘진 우물 속에, 저기 바위 틈으로 콸콸 솟아나오는 차디찬 냇물 속에, 저기 풍덩 몸을 던져 빠져들어갔다가 물기를 털며 솟아나오라고 권유하는 듯 고요하게 가로누워 있는 호수 속에······. 그러다가 눈을 뜨면 보이는 것은 더위가 김처럼 피어오르는 밋밋한 벌판. 영원한 금속성의 푸른 빛으로 펼쳐진 하늘, 화가와 시인들이 그토록 좋아하는, 그러나 우리들에게는 그토록 공허하고 치명적인 그 사막뿐······. 내가 생각하고 있는 것은 오직 한 가지 — 물뿐이었다.' (Gournay, 1991, 61쪽.)

124) 모로코의 항구도시.

125) Richard Burton, John Speke, *Aux sources de Nil. La découverte des grands lacs africains*(1857-1863)(나일강의 원천에서. 아프리카 큰 호수들의 발견), Paris, Phébus, 1988, 32쪽.

126) Richard Burton, John Speke, *Aux sources de Nil. La découverte des grands lacs africains*(1857-1863)(나일강의 원천에서. 아프리카 큰 호수들의 발견), Paris, Phébus, 1988, 43쪽.

127) Fawn Browdie, *Un diable d'homme*(지독한 인간), Paris, Payot, 1993, 277쪽.

128) Michel Vieuchange, Smara, *Carnets de route*(스마라, 여행노트), Paris, Payot, 1993, 24쪽.

129) Michel Vieuchange, Smara, *Carnets de route*(스마라, 여행노트), Paris, Payot, 1993, 136쪽.

130) Michel Vieuchange, Smara, *Carnets de route*(스마라, 여행노트), Paris, Payot, 1993, 152쪽.

131) 만성절:11월 1일.

132) Michel Vieuchange, Smara, *Carnets de route*(스마라, 여행노트), Paris, Payot, 1993, 229쪽.

133) Michel Vieuchange, Smara, *Carnets de route*(스마라, 여행노트), Paris, Payot, 1993, 205쪽.

134) Michel Vieuchange, Smara, *Carnets de route*(스마라, 여행노트), Paris, Payot, 1993, 219쪽.

135) Léen-Paul Fargue, *Le Piéton de Paris*(파리의 보행자), Paris, Gallimard, 1993, 17쪽.

136) André Breton, *Nadja*(나자), Paris, Poche, 1964, 36쪽.

137) Walter Benjamin, *Charles Baudelaire*(샤를 보들레르), Paris, Payot,

1979, 58쪽.

138) Walter Benjamin, *Charles Baudelaire*(샤를 보들레르), Paris, Payot, 1979, 58쪽.

139) David Le Breton, *Passions du risque*(위험부담의 열정), Paris, Métailié, 1992.

140) Charles Baudelaire, 「Le peintre de la vie moderne(일상생활의 화가)」, In *Oeuvres complètes*(전집), Paris, Seuil, 1968, 552쪽.

141) Pierre Sansot, *Poétique de la ville*(도시의 시학), Paris, Armand Colin, 1996, 42쪽.

142) Pierre Sansot, *Du bon usage de la lenteur*(느리게 산다는 것의 의미), Paris, Payot, 53쪽.

143) Henry David Thoreau, *journal*(일기:1837-1861), Paris, Les Presses d' Aujourd' hui, 1981, 196쪽.

144) A. L. Ryave, J. N. Schenkein, 「Notes on the art of walking(걷는 기술에 대한 노트)」, in Roy Turner, *Ethnome-thology*(민족방법론), Harmondsworth, Penguin, 1974.

145) Oumar Dia, Renée Colin-Noguès, *Yâkârê Autobiographie d' Omar*(야카레, 오마르의 자서전), Maspéro, 1982, 118-119쪽.

146) Georg Simmel, 「Essais sur la sociologie des sens(감각의 사회학을 위한 시론)」, In *Epistémologie et sociologie*(인식론과 사회학), Paris, P.U.F., 1981.

147) Pierre Sansot, *Du bon usage de la lenteur*(느리게 산다는 것의 의미), Paris, Payot, 1998, 139쪽.

148) Jean Cayrol, *De l'espace humain*(인간적인 공간), Paris, Seuil, 1968, 102쪽.

149) Jacques Brosse, *Inventaires des sens*(감각의 목록), Paris, Grasset, 1965, 296쪽.

150) Georg Simmel, 「Métropoles et mentalités(대도시와 심성)」, in Grafemeyer Y., Joseph I., *L'Ecole de Chicago, Naissance de l' écologie urbaine*(시카고 학파, 도시 생태학의 발생), Paris, Aubier, 1980, 230쪽.

151) Pierre Sansot, *Poétique de la ville*(도시의 시학), Paris, Armand Colin, 1966, 402쪽.

152) Henri Engelman, *Pèlerinages*(순례), Paris, Fayard, 1959, 106쪽.

153) 노리(露里 : verste) : 러시아의 거리 단위 1.067km.

154) 오직 은자의 정신적 육체적 규율을 따르기 위하여 집을 버리고 길을 나

선 힌두교의 성자.

155) Anagarika Govinda, *Le Chemin des nuages*(흰 구름의 길), Paris, Albin Michel, 1976, 121쪽

156) Anagarika Govinda, *Le Chemin des nuages*(흰 구름의 길), Paris, Albin Michel, 1976, 122쪽

157) Anagarika Govinda, *Le Chemin des nuages*(흰 구름의 길), Paris, Albin Michel, 1976, 69쪽.

158) Anagarika Govinda, *Le Chemin des nuages*(흰 구름의 길), Paris, Albin Michel, 1976, 72쪽

159) Anagarika Govinda, *Le Chemin des nuages*(흰 구름의 길), Paris, Albin Michel, 1976, 297쪽

160) Anagarika Govinda, *Le Chemin des nuages*(흰 구름의 길), Paris, Albin Michel, 1976, 303쪽

161) Anagarika Govinda, *Le Chemin des nuages*(흰 구름의 길), Paris, Albin Michel, 1976, 312쪽

162) Anagarika Govinda, *Le Chemin des nuages*(흰 구름의 길), Paris, Albin Michel, 1976, 316쪽

163) Henry David Thorea, *Henry D. Thoreau*(헨리 D. 소로), Paris, L'Herne, 1994, 85쪽.

164) Gustave Roud, P*etit traité de la marche en plaine*(들에서 걷기 소론), in *Essai pour un paradis*(낙원을 위한 에세이), Lausanne, L'Age d'Homme, 1983, 86쪽.

165) Edward Abbey, *Désert solitaire*(고독한 사막), Paris, Payot, 1995, 253쪽.

166) Edward Abbey, *Désert solitaire*(고독한 사막), Paris, Payot, 1995, 305쪽

167) Thierry Guinhut, *Le Recours aux monts du Cantal*(캉탈산에 기대어), Arles, Actes Sud, 1991, 20쪽.

168) Pierre Sansot, *Variations paysagères*(풍경의 변주), Paris, Klincksieck, 78쪽.

169) John Dundas Cochrane, *Récit d' un voyage à pied à travers la Russie et la Sibérie Tartare, des frontières de la Chineà la mer Gelée et au Kamtchaka*(러시아와 시베리아 타타르 도보여행 이야기), Paris, Editions du Griot, 1933, 13쪽.

170) Peter Mathiessen, *Le Léopard des neiges*(눈 속의 표범), Paris, Gallimard, 1983, 269쪽.

걷기예찬

초판 1쇄 펴낸날 2002년 1월 15일
초판 35쇄 펴낸날 2024년 7월 25일

지은이 다비드 르 브르통
옮긴이 김화영
펴낸이 김영정

펴낸곳 (주)현대문학
등록번호 제1-452호
주소 06532 서울시 서초구 신반포로 321 (잠원동, 미래엔)
전화 02-2017-0280
팩스 02-516-5433
홈페이지 www.hdmh.co.kr

ⓒ 2002, 현대문학

ISBN 978-89-7275-213-4 03860